目次

## 長谷川未来《はせがわみく》

安藤《あんどう》くんはとっても鈍臭《どんくさ》い。

「あ……」

彼の弱々しいこんな声を、同棲《どうせい》を始めてからのこの五年でもう何度聞いたことだろう。

安藤くんはアルバイトが続けられない。

彼が唯一、数ヶ月続けることが出来たアルバイトがコンタクトレンズ屋さんの広告の入ったティッシュ配りなのだが、たまたまわたしが新宿にある病院に行った際、ふとこの辺りで彼がアルバイトをしていることを思い出し、自分のいたビルの三階から道路を見下ろしたら、オレンジ色のシャカシャカした安っぽいブルゾンに、同じ色のキャップを被《かぶ》り、一生懸命にティッシュを配る彼を見つけた。馴染《なじ》みのあるなんとも言えない彼の動きに、見たことない機敏《きびん》さが加《くわ》わっていたのだが、なんだろう、すごく彼だった。この瞬間、わたしは彼と別れることが出来なくなった。自分でもどうしてかはうまくわかっていない。でもわたしはしばらくその場を動かず、じっとビルからティッシュを配る安藤くんを見続けた。見守っていたのではない、あれはただ見ていたのだ。見下ろしていたのだ。

周りには同じ恰好《かっこう》をしたアルバイトの子たちが数人いて、それぞれのポジションで同じティッシュを配っていた。皆、やる気がなさそうに、でも安藤くんだけは誰よりも道ゆく人に力強くティッシュを差し出していた。

「僕がこの新宿区で一番ティッシュを多く配れてるんだって。だからこれ、プラスでもらったの、三千円」

そう言って、ボーナスでもらった三千円を嬉《うれ》しそうに見せてきた日のことが、この日わたしの頭の中で思い出された。

なんだろう、車椅子のわたしですらもっと効率良くお金を稼ぐ術《すべ》を知っているのに、どうしてこの人はこんなにもお金を稼ぐ才能がないのだろう、と思った。もちろん堕落した生活を送ってきた人なのはわかるし、決まった時間に起きて、決まった場所に行くことが苦手な人なのもわかっている。それは世間では「わがままでダメな人」とされてしまうことだし、間違いなくそうだと思う。けれど、楽をしたいなんてほとんどの人間が思うことで、そう思った時に楽してある程度生活出来るお金を稼ぐ術を考える人と、不器用で変なところだけ真面目で、その術を見つけられない人がいるのだと思う。

昔あるドキュメンタリー番組で観《み》た借金まみれの男性もそうだった。アルバイトの中でも最も効率の悪いものを選び、体力を奪われ、体力と共に精神力も削られ「死ぬしかないかもしれない」と思うようになる。

わたしはそんな人を見ると、「そういうの、わたしみたいな人だけで充分だよ。あんたらは身体的にもっとうまく生きていく道を選べるんだからそうしてよ。じゃなきゃわたしみたいな人が寄りかかれないじゃんか」と感じる。

でも、そんな話をわたしは安藤くんに一度もしたことがない。五年も一緒に生活しているのに一度もしたことがない。わたしは彼と魂レベルでの会話をしたことがない。話をしない理由は明確に自分の中にある。したってわからないって確証があるからだ。別に安藤くんを馬鹿だと思っているわけではない。けれど、明らかにとっても別の人間で、この考えを共有出来る相手では全くないのだ。そしてこの話をわたしが安藤くんにすることはないまま、彼との生活と時間の幕切れは呆気《あっけ》なく訪れた。

この日、いつものようにわたしはキッチンでご飯を作り、食卓に運んでいた。途中、キッチンに落ちていた台布巾《だいふきん》に気がつかず車椅子の車輪が止まった。何も言わずスマホをいじりながら安藤くんが車椅子の動きを助けてくれた。それからいつものように温かいご飯達が食卓に並んだ。もちろんわたしが作ったものだ。安藤くんは車椅子の動きは助けてくれるが、家事は一切やらない人だ。別にそこに不満はない。むしろお節介な性格のわたしは「家事をしてあげること」が好きだった。食卓に着くと、安藤くんが「あ、お茶淹《い》れる」と言い出した。

　水出しの作り置きしてある麦茶は目の前にあるのに「このメニューなら煎茶《せんちゃ》が飲みたい」と言い、お湯を沸かし始めた。メニューなど先にわかっていたのだから、ならばご飯が出来上がるまでにやっておけばいいのに、効率が悪いなと思いながらわたしも箸を置き、お湯が沸くのを待った。無言の部屋に安藤くんのスマホゲームの音だけが響いていた。興味もないのになんのゲームか聞いたりしてみた。説明を聞いたが一つも頭に入ってこない。しばらくしてお湯が沸き、慣れない手つきで急須に茶葉を入れている安藤くんを見兼ねてわたしがやるよと手を貸した。お茶が出来上がり、コップに注《つ》ぐとまた安藤くんが箸を置いた。

「どしたの？」

「いや、氷」

「え？　なんで？　あったかいのが飲みたいんじゃないの？」

「いや、煎茶が飲みたくて。淹れたてのがおいしいじゃん。未来も飲む？」

そう言って、冷凍庫から氷を出してきた。氷なんて滅多《めった》に使わないので、作ったままになっていて、氷を作るあの四角いケースごと食卓に持ってきた。慣れない手つきで氷をパキッとやろうとしているが全然上手く出来ていない。

「やろうか？」

「いらない」

「大丈夫、固いね、これ……あ‼」

ほぼすべての氷が床に落ちた。どうしようどうしようと子供のように何もしない安藤くん。わたしは再び箸を置き、側《そば》にあったマジックハンドを使い、氷を拾った。

「ごめんなさい、ごめんなさい」

そう謝る彼の持っているコップにかろうじて床に落ちなかった五粒の氷を入れて、床の氷を拾いシンクに軽く投げ入れた。

「あーびっくりした。うわ、うまそ」

やっと食事の話になった。と思い、再び車椅子を食卓につけて箸を持った瞬間、安藤くんが茶柱が立ったと自分のコップをわたしに向かって勢いよく見せてきた。そしてその勢いの良さでコップの中のぬるい煎茶がサバの味噌煮《みそに》にかかった。

「ああ！　うわ、ごめんなさい、こぼれちゃった」

いつもなら、サバの味噌煮に煎茶がかかったことなど笑えるはずなのに、いくらだって二人の楽しいエピソードになったはずなのに、彼のこんなところとっくにわかっていたはずだったのに、何故だろう、この日わたしはなかなかご飯を食べてくれない彼が本当に嫌で、だって温かいうちに食べてほしかったから、本当に嫌で、気がつくと自分でもびっくりするくらい大きな声を出し、彼に向かって手に持っている箸を投げつけていた。

安藤くんという人間はさぞかし生きづらいことだろう。誰かが側にいなくちゃ駄目な人だ。

けれど、わたしだって同じだ。こんな車椅子に乗り、世界から見下され、他の人より低い目線で生きなくてはいけないわたしはとっても生きづらい。こんな世界終わらせたい、ともう何度思ったことだろう。それでもわたしが働き、毎日生きてきたのは、この目の前でぼんやりしている安藤くんがいたからだ。それなのに、わたしは何故、彼に向かって目の前の箸を投げつけてしまったのだろうか。

「安藤くん、わたしはただ、作ったご飯、すぐに食べてほしかっただけなんだよ」

「ごめんなさい……」

彼との最後のやりとりはこうだった。

でも、わたしが言ってほしかった言葉は「ごめんなさい」なんかじゃなかった。

安藤くんとの生活に幕を閉じ、引越しを終え、あの男が働くスーパーマーケットのある東京都三鷹《みたか》市に一人部屋を借りていた。あのスーパーへは車椅子でも五分あれば着く距離に、部屋を借りていた。引越しをした日の夕方スーパーの前を通ってみるとあいつが普通に働いていた。秋の始まりのような匂いのする日だった。嫌な季節だ。

## 篠崎《しのざき》七海《ななみ》

「そんなことしてません‼」

　自分が叫んだ声が自分の口から耳にゆっくり返ってきた。わたしの声は甲高《かんだか》い。昔からだ。高い声で喋《しゃべ》ったら、馬鹿にされたり、子供扱いされるからなるべくトーンを下げて喋りたいのに、最もそうすべきタイミングでわたしの喉は言うことを聞いてくれない。二十歳《はたち》になっても声のコントロールさえうまく出来ない。だって、あまりに理不尽で「なんで？」で頭が埋め尽くされて、立っているだけで精一杯で、自分の喉にまで神経が行かなかった。悔しい。

　わたしは今、利根川《とねがわ》というアルバイトの先輩から酷《ひど》く怒鳴りつけられている。最近アルバイトが地獄でならない。アルバイトなのに。アルバイトってそれなりに楽しい、たまには飲み会とかが開かれて、同世代の友達が出来て、みたいなやつじゃないの？

「そんなことしてません‼」

「したわよ、したじゃない、ねえ？　西岡《にしおか》」

「え？　うーん、確かにちょっとあれだったかもしれないね、におい」

「ほら、あんたさっきからわたしだけが言ってるみたいな言い方してるけど、みんな思ってんだからね？」

このスーパーの控え室は地獄なのだろうか。ここにいる人たちは、今、わたしが理不尽な怒鳴りを受けているとは思わないのだろうか。利根川さんはいつもたくさん人がいるところでわたしにこうして突っかかってくる。「みんな思ってるんだからね？」という方向でわたしを責めてくる。今、この空間にいるのは、怒鳴る利根川さん、怒鳴られるわたし、そして、バイトリーダーの西岡さん、店長の小笠原《おがさわら》さんだ。もう一人、遠山《とおやま》さんがいるにはいるが、今は気配を消していていないようなものだ。

「何黙ってんのよ、食品売ってんだからね？　香水バンバンしてくんじゃないわよ！」

また来た……。何か言い返せ自分。わたしは何も悪くない、心に力を入れろ。涙を絶対流すな。

「だって、本当に香水なんてしてないですし、西岡さん、わたし香水のにおいしないですよね？」

「今はほら、もうしないかもしれないけど」

「そうやってすぐ味方作ろうとして卑怯《ひきょう》者！」

ダメだ。西岡さんは絶対にこちらの味方になってくれない。いつだってそうだ。にこにこしながらその場にいるだけで、誰にも嫌われないポジションに入る。長いものに巻かれる。それが西岡さんだ。わたしは香水など一ミリもつけていないのに、ひたすら「香水臭い」と怒鳴られている。ただの嫌がらせだ。どうしたらいいのか全くわからない。

三ヶ月前に初めてこのスーパーにアルバイトとして入って、しばらくしてすぐにこのように利根川さんから意味不明な公開いじめを受けるようになった。公開いじめのタチの悪いところは、「全員の前でやっているのだからいじめではない、陰湿なやり方はしてません」といじめている側が自分を正当化出来るところだ。「あくまでおかしいのはこの子であり、わたしはそれを注意しているんですよ?」というスタンスを周りに撒《ま》き散らし、ひたすらこちらの精神を攻撃してくる。日に日にわたしの精神がすり減っていることに快感を覚えているに違いない。辛《つら》い。悔しい。今にもこぼれそうな涙をまたしても堪《こら》えながら、背中を丸めてキャスター付きの椅子を左右に小さく揺すっている小笠原さんに助けを求める視線を送った。

彼は俯《うつむ》いたままこちらを見ようとしてくれない。なんで？　わたしからの視線に気がつきながらもこっちを見たら余計にことが大きくなってしまうから下を向くしかない、といった様子でずっと下を向いて、自分の指の爪を見つめ、椅子のキャスターを左右に少しだけずっと揺らしていた。落ち着きがない子供のように。

「何？　あんたあんな体臭なの？　やだ汚らしい！　あんなの風俗嬢のにおいだよ？」

　利根川さんはどんどんと一人で喋り続け、付けてない香水についてずっと言っていたかと思えば、今度はそれがわたしの体臭だと言い出している。もうわけがわからない。そして利根川さんはスーパーのバックヤード中に響き渡る大きな声で、

「やだやだ汚い！　ここは何？　風俗嬢も雇ってんの？　ほんっとに汚らしいの嫌なの、しかも若い女って手洗わないでウインナー炒《いた》めたりするじゃない？」

「そうなんですか？」

　西岡さんがまたいらぬ相槌《あいづち》を入れてきた。うるさい、助けてくれないのならば黙っていてくれ。

「そうだよ、もう本当に不潔、ああ。もうわたし神経症だからダメなのよ‼」

　ほら、西岡さんの相槌のせいで利根川さんの喋りに拍車がかかった。

「本当に不潔‼　風俗嬢‼　このクソ女‼!」

ダメだ、もう涙が堪えきれない。

「ちょっとちょっと、利根川さん、さすがに今のは！」

「なんだハゲ！」

ようやく助けに入ってくれた小笠原さんは一発で玉砕した。というか、助けだったかどうかもわからぬスピードで玉砕した。ハゲと言われたくらいで負けないでくれ。わたしが言われた言葉の数々に比べたらハゲなど可愛《かわい》いもんじゃないか、そもそも小笠原さんはハゲていない。四十三歳とは思えぬくらい見た目が若い。もっと自分に自信を持ってほしい、と彼に対して、そう思った。

でも、玉砕はしたが利根川さんの怒りの矛先がさっきの発言で彼へと移動した。意味不明なことに対して怒っている人、というのは当たり屋のようなもので、当たれるところを見つけると手当たり次第当たりに行く。わたしは標的が自分だけではなくなったことに少しだけ安堵《あんど》していた。と同時に、自分が人生で初めて愛した男性が、目の前でわけのわからぬ服装と髪型のおばちゃんに、わけのわからない罵声を浴びせられていることに胸が苦しくなった。これなら自分が言われる方がマシかもしれない。

客観的に改めて利根川さんを見ると、とんでもないビジュアルをしている。紫に染めたぱっつんの前髪に、全体にウエーブのかかったセミロングの白髪まじりの黒髪をざっくりと大きなバレッタで留めている。よくわからない犬の派手な柄のセーターに、銀色のロングスカート。靴だけシンプルなハイカットのコンバース。目元は緑がかったアイシャドウをし、アイラインをだいぶ太く引いている。そもそもこの恰好がスーパーで許されていることがすごいなと感心してしまった。確かに仕事は誰よりも出来るし、必要な人材なのはわかるが、どう見てもスーパーに働きに来る恰好ではない。場末のスナックにでも今すぐに行ってほしい見た目だ。そんな人間に自分の彼氏が怒鳴られている。辛かった。

小笠原さんとわたしが付き合い出したのはわたしがここにバイトとして入ってすぐのことだった。同じアルバイトの遠山さんという背の小さい可愛らしいギャルのような見た目の女性が急にバイトを休んだ日に、わたしが残業になり、二人で作業することになった。三人でやるところを二人でやったので思ったより時間がかかってしまい、わたしの帰りが遅くなったことを心配して、家の方面まで車で送ってくれた。それが彼と初めて二人で過ごした時間だった。

途中コンビニでホットレモンを買ってくれて、スーパーで働く人たちのことを詳しく話してくれた。とても優しくて、何より自分の父親を思い出した。我が家は、わたしが小学生の時に父と母が離婚をしていて、以来母と二人で暮らしていた。そのためか、中学時代から気がつくと父親くらい歳《とし》の離れた男性に癒しを求めることが増えていった。それは恋愛的な意味ではなく、例えば学校の先生や塾の先生など、同級生より年上の人と話している方が心地よいと感じることが多かった。小笠原さんの車の中で話をしている時に、今までに感じたことのない心地よさを感じ、それが彼への興味に変わっていった。

毎日とても疲れた様子で働いていて、着ているワイシャツも所々シワがあり、ネクタイもいつもだいたい同じものを着けている。自分もこの人に寄り掛かりたいと感じたし、同時にこの人の寄り掛かれる場所になりたいとも思った。

車の中は年上の男性の匂いがした。鼻から吸い込む彼の匂いが心地よく、自分の座っている助手席と彼の座る運転席の間の距離がとても邪魔に感じられた。彼に触れてみたかった。気がつくとわたしは頭を撫《な》でてほしいと彼にお願いをしていた。甘えられる存在ができた。

「やだ！　ちょっと寝てるわよ、この子！」

またしても矢がわたしへと飛んできた。

「寝てません！」

「寝てましたよ、こうやって目つぶってたもん、ちょっと信じられない！」

「本当に寝てません、まばたきです！」

「まばたきですだって、何？　自分は目が大きいからまばたきにも時間がかかるんですってか？」

「そんなんじゃないです！」

「やだやだそうやってマスカラバンバンつけて、男に媚《こ》び売って！　あばずれ！」

相手はわたしを傷つけたいだけだ。攻撃的な言葉を並べてわたしのメンタルをおちょくるのが楽しいのだ。負けるなわたし、睨《にら》めわたし。

「ほら！　その目！　気持ちが悪い鳥肌立つよ、なんだ？　あんたの目なんかね、マスカラ取ったらじゃこだよ、じゃこ！」

返す言葉どころか口すら開《ひら》けなかった。

相手がどんな見た目であろうと、顔面のことをシンプルに言われると傷つく。

「うん、篠崎さん、黙っちゃうとね、僕みたいに言われちゃいますから。頑張って」

そう言い残して、小笠原さんは店内へと行ってしまった。入れ替わるようにアルバイトで唯一同い年である杏《あん》ちゃんが入ってきた。頼りにならない小笠原さんに比べて、杏ちゃんは正義感が強く、ここのスーパーで唯一わたしの味方をしてくれて、利根川さんにも正論をぶつけてくれる。誰が聞いてもまっすぐな正論を。

この日はシフトに入っていないのに、わたしを心配して部屋着のような恰好のまま来てくれた。この日わたしは利根川さんと試食用ウインナーの担当をしていて、試食を配っている最中、突如「汚い、臭い」と突っ掛かられた。また始まった、と思い、休憩になった瞬間トイレに行き、杏ちゃんにLINEで助けを求めていた。

「あれ？　久須美《くすみ》ちゃん今日シフト入ってたっけ？」

「あ、ちょっと昨日シフト間違えて書いちゃったんで直しに来ました」

現れた杏ちゃんにバイトリーダーの西岡さんが尋ねた。笑顔でかわしてくれている杏ちゃんは本当に優しい。

「どうせ篠崎ちゃんが呼んだんでしょ。あーつまんない、久須美来るとつまんない」

利根川さんはそう言って、テーブルに置いてある女性誌を開いて、ザラメのまぶしてあるおっきな飴《あめ》を食べ始めた。そのおっきな飴がガリガリと彼女の歯とあたる音が部屋に響き、なんとも不快だった。

「久須美間違えたならわたし消しといてあげようか？　あ、あれじゃない？

来月のシフト全部消しちゃえばいいんじゃない？」

「それじゃあわたし生活できなくなっちゃうんで」

「あーつまんない」

「すいませーん、店内人手足りなそうでしたよ？　金子《かねこ》くんだけになっちゃってて」

杏ちゃんが、利根川さんと西岡さんを店内に戻らざるをえない空気にしてくれて、この日の攻撃は終わった。何故わたしだけあんなに標的にされてしまうのだろうか。わたしも杏ちゃんのように一言でうまく利根川さんをかわしたい。

利根川さんと西岡さんに続いて、隅っこのソファでずっと黙ってスマホをいじり、気配を消していた遠山さんがエプロンをつけて店内に戻る途中、「気にしなくて良いと思うよ、あの人誰かに当たりたいだけだから」と、わたしの肩を叩《たた》いてくれた。

遠山さんは可愛くておしゃれで優しい。そう思ってくれているならみんなのいる時に助けてよ、とちょっとは思ったが、「あなたは間違ってないよ」と思ってくれている人がいてよかった、という安心感の方が強かった。

全員が店内に戻り、バックヤードにはシフトの時間を終えたわたしと、助けに来てくれた杏ちゃんだけになった。ようやく落ち着き、わたしは大きなため息と「あああ悔しい」という言葉を同時に吐いていた。背中をさすられながら、思っていることを吐き出した。

小笠原さんがわたしをかばってくれないことが悲しいこと、利根川さんに言われている言葉が一つも理解できなかったこと、すぐに涙がこぼれてしまう自分が嫌なこと、話しやすい人が杏ちゃんと遠山さんしかいないこと、やっぱり何より小笠原さんになんとかして欲しいのに何にもしてくれなくて悲しいこと。でも大好きなこと。

「店長と話してみた？」

と聞かれたので、

「うん、『もうちょっと助けてよ』みたいなこと言ってるんだけど、『あんまり助けると付き合ってるのバレちゃって気まずいから』って言われちゃって」

これを聞いて杏ちゃんはますます腹を立てていた。

「彼女があんな目にあってたら普通助けない？　しかも店長って九州の人でしょ？　九州男児って男らしいんじゃないの？」

恋人がいたことがない杏ちゃんは男性に対して、このようにいつの時代の雑誌に書いてあるんだろう？　というイメージを持っている。でも、わたしにはそこが癒しだった。杏ちゃんの私服は今日もすべてをジャスコで買ったようなコーディネートだった。

わたしの相談を聞きながら、杏ちゃんはテーブルに置いてある落雁《らくがん》をずっと食べていた。たくさん食べるなあと思った。

店内では、今日も、金子さんが車椅子の女の人に何かを言われ、どもっていた。

## 久《く》須《す》美《み》杏《あん》

「助けて、またやられそう」

七海ちゃんからのLINEが来た時、わたしは家で、坂上忍っていつからこんなにテレビで観るようになったんだっけ？　とどうでもいいことを考えながら、お昼の番組をぼんやり観ていた。

東中野に一人暮らしを始めて一年。特に近所に友達が出来るわけでもなく、バイト先と大学と自宅の行き来を繰り返していた。この日は授業もなく、一日休みでバイトだったらよかったのにと思っていたので、LINEをもらってからすぐにバイト先へ行く支度をした。目の前に開けたばかりのヨーグルトがあったので、これだけ食べてから行こうかなと一瞬迷ったが、わたしがヨーグルトを食べている間に事が大きくなってしまっては食べた時間を後悔すると思い、すぐに着替えた。

七海ちゃんが店長と付き合い出してから利根川の七海ちゃんいじめはエスカレートしているように思える。そもそも店長はわたし以外には交際を隠せているつもりだが、利根川は絶対に知っているだろうし、他のアルバイトの人たちだって気がついているけど興味がないから何も言わないだけだと思う。

何故隠すのかがわたしにはちょっとよくわからなかった。「仕事とプライベートはきちんと分けたい」とか「職場の人に変な気を遣わせたくない」などと小笠原店長はいつも七海ちゃんに言っているけれど、ならそもそもアルバイトの子と交際しなければいいのではないか、と思ってしまう。自分で決めた自分の「誠実」を守りきれず、でも守れなかったことを認めないために、「これは反則ではない」と自分を納得させるための「誠実もどき」で自らを覆い始める。大人はこれを繰り返している。

人の人生に対して何か言う権利などわたしにはないし、各自の勝手だと思って生きているが、アルバイト先でこれに自分が巻き込まれるのはなんだか嫌な気分、というか何とも言葉にできない感情に毎回なっていた。何より、大学でもさほど目立った友達のいないわたしにとって、アルバイト先の気の合う仲良しである七海ちゃんが特別な存在だったので、彼女の心を守りたかった。小笠原店長の身勝手に、自分の大切な人が振り回されているのが嫌だった。

都会のカフェには、だいたい恋愛相談をしている女の子たちが集まっている。他に話す事がないのだろうかと疑問に思うほどに、彼女たちはいつだって恋愛の話をしている。自分には程遠い世界だと思っていたけれど、七海ちゃんの相談を受けるようになってから、カフェでそういった女子たちに遭遇すると積極的に耳を傾けるようになっており、彼女たちの会話の多くが、相談した側の自己満足で終わっていることに気がついた。

彼女たちは話を聞いてほしいのだ。一見相談に感じられるそれらはすべて、話を聞いてほしいだけで、聞いてくれる人と友人関係になり、その関係を「親友」などと呼ぶのだろう。アドバイスなどは求めていないのだ。ただ話を聞いて背中をおしてくれる「親友」が欲しいのだ。アドバイスなど求めていないのだ。

だからわたしはいつだって七海ちゃんの話を聞いて、落ち込んでいる時は背中をさすることに決めた。


七海ちゃんがここで働き始める少し前のこと。当時ここのバイトの主なメンバーは、店長の小笠原さん、バイトリーダーの西岡さん、口うるさい利根川さん、ギャルの遠山さん、その遠山さんの彼氏の矢神《やがみ》さん、そして、いつもどっている金子さんとわたしだった。働き者が多いこの職場で矢神さんはさぼり魔で、絵に描いたようなアルバイトの男性なので、週に二回ほどしか出勤してこないし、明らかに人手が足りていなかった。そもそも先日までわたしより一歳年上の大学生の女の子が働いていたのだが、利根川さんがいじめて辞めていった。

正確にはいじめた、というか利根川さんのよくわからないあの態度が面倒になって辞めていった。彼女がもう少し働きやすい職場をわたしが作るべきだったのではないか、と少しだけ後悔をしているのが今、七海ちゃんをケアしている理由になっているのかもなあと思っている。

ある日、わたしは自分のシフトの時間を一時間間違え、早くバイト先についてしまった。ロッカールームが男女分かれていないこの職場では、簡易的に作られた更衣スペースで女子が着替えることになっていた。女の子たちは皆、それが面倒なので、大体みんな働ける恰好で出勤してきて、エプロンをつけてそのまま店内に行く。この日、わたしが出勤したら、事務所には遠山さんと金子さんがいた。

「あれ？　久須美ちゃん早くない？」

ドアを開けると、金子さんと向かい合って座っている遠山さんが声をかけてきた。

「あ、一時間間違えちゃって。下で気がついたんですけど、時間潰すのもあれなんで人手足りてなかったらもうシフト入っちゃうおうかなって思って」

「うちらも出勤より早く来ちゃったんだよねー、金子っち」

「あ、う、うん」

遠山さんは金子さんと仲が良い。そしていつも下を向き、何をしていても楽しそうではない金子さんが、遠山さんと一緒にいる時だけはなんだか楽しそうだった。この日、わたしはこんな楽しそうな金子さんの顔を初めて見た。

「わたしがね、ちょっと金子っちに相談があって出勤前に呼び出しちゃったんだよね」

「あ、そうだったんですね、すいません、わたしすぐ店内行くんで」

「全然大丈夫だよ〜」

そう言われたものの、なんだか聞いちゃいけない話かな、と思ってわたしは更衣スペースに入った。でも、会話はすべて聞こえてしまった。

「こないださ、矢神くんのDVの件相談のってもらったじゃん？」

「う、うん、ま、またされたの？」

「うーん、なんかひどくなってるんだよね……。こないだも二人でご飯食べててわたしがご飯食べきれなくって、ちょっとだけのこしちゃったのね？」

「う、うんうん」

「そしたら、『何残してんだよ？』とか言って、バンって頭叩いたりしてくるの。ひどくない？　こんなして叩くんだよ？」

わたしはなんとなく遠山さんのことが苦手だ。苦手な人の発言など、イライラするだけなので聞かなければいいと自分でも思っているのだが、昔から嫌いな人の発言ほど耳に入ってきてしまう。食事を残したことで遠山さんは矢神さんにどのように叩かれたのだろうと気になり、わたしは彼女のその発言のあと、更衣スペースの隙間から二人の方を覗《のぞ》き見した。遠山さんは金子さんの頭を撫でるくらいの強さで「ポン」と叩いていた。

おいおい、それをDVだと言っているのか？　もはや相談ですらない、と思った。

「え、じ、じ、実際はも、もっとバンってた、た、叩かれたんでしょ？」

そうだ、金子さん、もっと言ってやれ。

「うん、実際は、こんくらい」

またしても遠山さんは撫でるように金子さんを叩いた。

いやいや、さすがにコメント出ないよね金子さん。

「こ、これくらいならそ、そんなに大袈裟《おおげさ》に考えなくってもいいんじゃない？」

「え、でも普通ご飯残したくらいで叩かなくない？　金子っち叩く？」

「た、叩かない！　叩かない」

「ほらー、やっぱ変なんだよね」

「そっか、う、ううん、遠山さん女の子だしね、男の人の、ち、力とは違うよね……ぼ、僕の方からさりげなく、言おうか？」

金子さんは多分、遠山さんのことが好きだ。じゃなかったらこんなに優しくしない。そして遠山さんはそれをわかって、その優しさにつけ込んでいる。なんでこんな女性がモテるのか、わたしには理解できなかった。そして、金子さん、きっとあなたじゃ矢神さんにさりげなくは言えない。

「うーん、でもやっぱりもうちょっと様子見ようかな」

「あ、うん、あ、そお？」

そりゃそうだ。

「うん、金子っちに話したらちょっと楽になった！　ありがと」

遠山さんは金子さんの手を机の上で触っていた。なんだか気持ちが悪かった。金子さんは触られて少し嬉しそうだ。なんで？　そんな女に触られるのが嫌じゃないの？

「ま、また何かあれば言って」

と俯く金子さんの顔を覗き込みながら「優しい、ありがと」と遠山さんは手を触り続けている。金子さんの右手の手相の線をなぞるように触りながら、「金子っち手ちいさいね～」などと言って自分の手の大きさと金子さんの手の大きさを比べている。なんだろう、こんなの無視すればいいし、本当にわたしには関係のないことなのに、こういったことにわたしは気分が悪くなる。しばらく手を撫でながら遠山さんは尋ねた。

「ねえねえ、金子っちっていつからどもりなの？」

わたしも気になるって思ってしまった自分が嫌だった。

「ちゅ、中学」

「へえーなんで？」

「……怪我《けが》、さ、させちゃった」

「え？」

「あ、あ、何でもない、これあんまり話したくなくて……」

「あ、ごめん」

「あ、いや、ご、ごめん」

「誰と喋っても、どもっちゃうの？」

「あ、え？　ああ、うん……」

「気い遣いだからだよねー、優しいからだ。わたし良いと思う！」

金子さんのどもりにはきっと我々なんかには計り知れない理由があるのだろう。そんなこと、二十歳そこそこのわたしですらわかる。それをあの女はとんでもなく軽い口調で「わたし良いと思う！」などという一言で片付けた。すごい、すごすぎる。でももしかしたらこのくらい軽く扱われていることが金子さんにとっては心地がいいのかもしれないと思った。そうでも思わないと、ちょっとこの二人を見ていられなかった。だって、遠山さんには、矢神さんという全員が知っている彼氏がいるのだから。

そのあとも遠山さんは、

「矢神くんに比べてー、金子っちは女の人っぽいし、話すリズムが合う」

「話す、リ、リズム？」

「うん、わたしのろまだから、どもってるくらいがちょうどいい」

とコロコロとした笑顔で会話を続けた。確かに遠山さんは可愛らしい。その可愛らしさが、なんだかわたしのような人間からは少し怖かった。わたしが何食わぬ顔で、更衣スペースから出ると、

「やだー！　久須美ちゃんまだいたのー、話聞かれちゃったー」

遠山さんは笑っていた。わかっていただろう、わたしがここにいたことくらい。

「イヤフォンしてたんで、全然聞こえてないですよ」

と自分史上一番最低な嘘《うそ》をついた。相手が嘘つきだと、こんなにも簡単に嘘を言えてしまうのか、と思った。金子さんはずっと遠山さんの笑顔を見つめていた。

この一件以来、わたしは遠山さんとなるべく関わらないようにしてきた。だから、七海ちゃんが遠山さんと仲良くなるのが少し嫌だった。こんなくだらない嫉妬心、持ちたくはないが、そう思ってしまうような小さな人間だ、自分は。「助けて、またやられそう」という連絡が来た日だって、助けに来たわたしよりも、ずっと黙って知らん顔して去り際に「気にしなくて良いと思うよ」と七海ちゃんの肩をポンポンと叩いた遠山さんの方が存在が大きかった気がした。わたしのたくさんの言葉や行為はいつだって、このような適当に吐かれた一言に負けてしまう。けれど、きっと自分のような存在が七海ちゃんの支えになっている、と信じてこの日も彼女の相談、というか聞いてほしい話をひたすらに聞いた。

そもそも小笠原店長がどうしてあんなに利根川さんに何も言わなかったのかがわたしにはわからなかった。自分の彼女が目の前であんな目にあっているのに、絶対に正義と悪がはっきりとしているのに、どうして俯いているのだろう？　七海ちゃんはわたしの前でだけとっても大きなため息をつく。

「しんどかったらやめてもいいんだよ？　おがさん人足りないって言ってるけど、うちらバイトなんだしさ」

「うん、でもおがさんの力になりたいし、もうちょっとだけ頑張ってみるよ」

小笠原さんの力になりたい七海ちゃんをわたしは支えている。

「そお？」

「うん、杏ちゃんいるし」

そう言ってもらえたことが救いだった。

「うーん、でもわたしも毎回一緒なわけじゃないし。おがさんも気利かせろよな？　シフト被るように提出してるのにさ」

「ね、なんでこんなシフト被んないんだろう……今日だってさ、人足りてないんだから杏ちゃんいれたらいいじゃんね？」

小笠原さんに対しては疑問だらけだった。わたしと七海ちゃんは目の前にあった落雁《らくがん》を食べながら小笠原さんが戻ってくるのを待った。わたしは落雁の味でおばあちゃんのことを思い出していた。

「ういーす」

粘り気のある耳障りな矢神さんの声がした。よくわからないファーのついたダウンにニット帽に伊達《だて》メガネの背の大きな矢神さんが入ってきた。

「あれ？　矢神さん今日出勤？」

「違う、はーちゃんのお迎え」

「えー優しいー！　いいなー」

七海ちゃんは、このなかなかバイトに現れないくせに遠山さんのお迎えにだけ現れる矢神さんにも懐《なつ》いていた。「優しいっしょ」と言いながら矢神さんは七海ちゃんの座っているキャスター椅子を押し、部屋の中をぐるぐる回った。

「きゃー！」とさっきまで曇っていた七海ちゃんの顔が一気に明るくなった。

このように人懐っこい七海ちゃんも羨《うらや》ましかったたし、何より一瞬で七海ちゃんを笑顔に出来る矢神さんが羨ましかった。わたしも彼女を笑顔にしたかった。

そこへようやく小笠原さんがやってきた。

「あれ？　矢神くん何してんの？」

「遠山さんのお迎えだって！」

七海ちゃんは大きな声で気持ちをぶつけた。

「ちょうどよかった。ちょっと三十分だけ俺と代わってくれない？」

小笠原さんは矢神さんに頼んだ。何やら新しいアルバイトの人の面接があるのをすっかり忘れていたらしい。「やだ」という矢神さんに「どうせ遠山さん待ってるんだからいいでしょ」とエプロンを渡していた。「三十分したら絶対帰りますからね」と大きなスニーカーをひきずるような歩き方でしぶしぶ矢神さんは店内へと向かった。

「ねえ、なんでわたしと杏ちゃんシフト被らないの？」

この日の七海ちゃんはいつもより強めに小笠原さんに詰め寄った。

「ほら、仕事中は敬語の約束でしょ」

「今、杏ちゃんしかいないからいいじゃん」

「どこで誰が見てるかわかんないから」

「何で店長なのにそんなにびくびくすんの？」

「びくびくなんかしてないよ」

いつだって小笠原さんは堂々としていない。

「おがさん一人じゃ利根川から七海ちゃんのことかばえないなら、同じシフトにしてください」

「久須美さんも利根川とか呼び捨てにしないの。ね？　ほれ、考えておくから、面接の人来ちゃうからそこ空けて空けて」

いつだって我々の言葉は受け流されてる。自分のやっているおかしなことはどっかに置いて、呼び捨てにするな、とかいう当たり前の正論でこちらが悪いみたいな空気にしてくる。大人は意外と大人じゃない。二十歳のわたしの目にはここの人たちが全員、そんな風に見えていた。新しいアルバイトの人もきっとまた、そんな大人なのだろう。

口の中には落雁の味が残っていた。おばあちゃんに会いたくなった。

## 神谷《かみや》はな

「くそくそくそくそくそくそくそくそくそ全員くそ!!!」

物凄《ものすご》い苛立《いらだ》ちを連れた安藤くんが帰ってきた。手にくしゃくしゃと丸められたタウンワークを握り、苛立ちで肩を震わせている彼とは一緒に住み始めて三ヶ月。何度かこういうことがあったのでこの日は特に驚かなかった、というかこうなって帰ってくるのではないかと思っていた。

すぐに汗をかいてしまう安藤くんの着ているユニクロの一九〇〇円のTシャツは汗でびしょびしょになっていた。靴を脱いですぐにソファに丸まってしまった彼の背中を、わたしは読んでいた本にしおりを挟む一秒より優先してそっと撫でた。背中が赤ちゃんのように熱くなっていた。

安藤くんはこの日、新しいアルバイトの初日だった。何かの工場のような簡単な作業のアルバイトだと聞いていたので、人間関係で嫌なことがないといいなと思っていた。

でも、案の定何かあったようだ。パタパタとTシャツの隙間から風を送りながらそっと話しかけてみた。

「またダメだった？」

「うん、五時間耐えたけど限界」

「そっか、まぁまた探そうよ」

「ごめん、我慢したんだよ？」

「うん」

「でもあいつら人を人として見てなくて、ごみ？　ごみ扱い。あーもう思い出しただけで吐き気」

「うん」

「あーでもあれだよ？　はなに借りてるお金は返さなきゃいけないからすぐまた次のバイト探すから、だから怒らないで、お願い」

安藤くんは必ずこうして自分が何か言われそうになると予防線を張る。自分の中が壊されてしまうのがきっと怖いのだ。大丈夫だよ？　そんなに怖がらなくて。

「怒らないよ、わたし三ヶ月一緒にいて怒ったことないでしょ？」

わたしが怒らないことをなかなか安藤くんは信じてくれない。信じて裏切られるのが怖いのだとわかってはいてもそろそろ信じてくれても大丈夫だよ？　と心の中ではそうなることを願っている。そんなに心配性なまま生きていていつか心が壊れてしまわないかも心配だ。

「わからない、まだ三ヶ月しか付き合ってないから……」

そう言っていつも安藤くんは黙ってしまう。同じこの一行の言葉の中で変わった部分といえば一ヶ月が二ヶ月になり、二ヶ月が三ヶ月になった、過ごした時間を表す数字、ただそれだけだった。過ごした時間は増えていっても、それでも彼の心配は消えないらしい。

また黙ってしまった彼の、少しまだ熱《ほて》っている背中をわたしはさすり続けた。

本当に安藤くんはすぐに身体《からだ》が子供のように熱くなってしまう。

「こうやってどんどん俺のダメっぷりがわかっていって、それでだんだん嫌いになられるんだ……」

「そんなことないから、大丈夫だよ」

わたしは安藤くんの心が何故にそんなに痛いのかわかるのに、安藤くんは自分では何の整理もつかないで、ただただ苛立ちや悲しみになってしまう。手を貸せることは何でもしてあげたい。背中が熱くなったのなら、少し涼しくしてあげたい。

でも彼は、「こんな俺のどこがいいの？　借りてる八千円すら返せないようなこんな俺の」といつも同じ質問をしてくる。どこが好きか、と聞かれて一言もしくはまとまった文章ですぐに好きなところを言える時ほど、あまりその人のことが好きではないような気がわたしはしている。昔、なんとなく顔がタイプだったのと寂しいタイミングだった、という二つの理由のみで付き合ってしまった美容師の男に同じ質問をされたら、「顔と出会ったタイミング」とすぐに答えられただろう。相手が安藤くんだと、うまく答えられない。

「なんか側《そば》にいないといけない気がしたから」というのが一番正確に心の中を言葉にしているが、そんなことを言ったところで今の安藤くんは何も安心しないだろう。

だからわたしは、「わたしはいなくならないから、大丈夫だよ?」と言いながら、彼の熱った背中をただただ撫でることしか出来なかった。

「わたしもそんなにたくさんはお金貸せないけど、たった八千円くらい大丈夫だよ? 気にしないで」

「あー……俺はたった八千円も返せないのか」

「そういう意味で言ってないよー」

また落ち込んでしまった。彼はわたしに借りている八千円を返すために今、必死にアルバイトを探している。そんなに急いで返してほしい額ではないし、そもそものくらいのお金は返ってこなくってもかまわないと思っている。そう思える相手にしかわたしは性格上お金など貸さないのだ。

安藤くんと出会ったのは三鷹市にある居酒屋だった。お互い一人で食事をしに来ていたので、なんとなく一緒に飲むことになった。五年間一緒にいた彼女に振られてしまったと言いながら彼は背中を丸めてかなり酔っ払っていた。わたしは酔っ払いが嫌いだし、自分もさほどお酒を多く飲むタイプではない。けれどこの日はなんとなく一人で飲みたい気分で、目についた見知らぬ居酒屋に一人で入っていた。そして、かなり酔っ払っている安藤くんと会い、話を聞きながらお酒を飲んだ。

女の子が近くにいないと死んでしまうような弱い人間であることは話を聞いていて、近くにいて十分にわかったし、きっとお酒で失敗するタイプであることもすぐにわかったし、前の彼女が彼にとってどれだけ大きな存在であったかも理解できた。普通ならば惹《ひ》かれる要素のない彼のことがわたしはどうしても気になり、「家に泊まって行くの嫌ですよね？」という彼の誘いに乗った。

出会ったばかりの男性の家に行くのなんて初めてだったし、自分でもびっくりしたが、彼の孤独と自分の悲しみが共鳴した気がした。ただ、彼の側にいてあげたかったし、わたしの側にも彼にいてほしかった。自分が生きている意味を見つけた気がした。

明け方の三鷹は小雨が降っていた。わたしの持っていた小さな折り畳みの傘には背の高い彼の体は収まりきらなかった。そのままわたしは彼の家へ、引っ越した。悲しみと孤独が惹かれ合い、重なったところでいい方向へ行かないことはわかってはいたが、それでもかすかに見えている幸せの希望をそっと両手で摑《つか》みたかった。

「いなくならない？」

たびたび聞いてくる安藤くんを安心させたくてわたしはここへ引っ越してきた。そんなことがちゃんとわたしの掌《てのひら》から安藤くんの背中を通じて、心まできちんと届いているのかが、ふと背中をさすりながら不安になった。わたしだって、不安になることはたびたびあるのだ。

「前の人もいなくならないって言っていたのにいなくなっちゃった？」

わたしは尋ねてみた。安藤くんは小さくうなずいた。

「じゃあどうしたら信じてくれる？　どうしたら、不安じゃなくなる？」

こんなこと日々聞いたところで意味がないことはよくわかっていたし、昔の人への想いを聞くことなど自分の不安を増やす材料にしかならないことはわかってはいたが、この時のわたしは安藤くんを理解しようと必死で、理解するためなら多少自分が傷ついても構わないと思っていた。

「大丈夫、今ははなが好き。はなだけが大好き」

誰が見てもわかる作り笑顔で安藤くんはこちらに向かってそう言った。「まあまあ傷つくよそれ」と教えてあげたかったが、そう簡単には前の人のことが心から消えないのだ、ということをこの日も改めて理解した。

それに、彼は彼なりにわたしのことを大切に思ってくれている。少しずつでいい、彼との心の距離を埋めたかった。今のわたしに出来ることはただ一緒にいて、たくさん時間を過ごし、彼の孤独を減らすことだった。

坂本《さかもと》順子《じゅんこ》

マフラー、コート、持っていると落ち着く布のトートバッグ、バスで汗をかいた時のタオル、お気に入りの梅味ののど飴、ペン、お財布、ケータイ、おばあちゃんにもらった腕時計、メモ帳、履歴書。

マフラー、コート、持っていると落ち着く布のトートバッグ、バスで汗をかいた時のタオル、お気に入りの梅味ののど飴、ペン、お財布、ケータイ、おばあちゃんにもらった腕時計、メモ帳、履歴書。

…………。

マフラー、コート、持っていると落ち着く布のトートバッグ、バスで汗をかいた時のタオル、お気に入りの梅味ののど飴、ペン、お財布、ケータイ、おばあちゃんにもらった腕時計、メモ帳、履歴書。

何度も確認して家を出た。

七箇所目のバイトの面接だ。もう仕事が決まらないと生活が出来なくなってしまう。あ、鏡。

マフラー、コート、持っていると落ち着く布のトートバッグ、バスで汗をかいた時のタオル、お気に入りの梅味ののど飴、ペン、お財布、ケータイ、おばあちゃんにもらった腕時計、メモ帳、履歴書、鏡。

もう一度確認して、再度家を出た。

面接の時間まではたっぷり余裕があった。

家の鍵を閉め忘れた気がして、バス停から家に戻って確認した。

ちゃんと閉めていた。大丈夫。大丈夫。

無事予定より一本前のバスに乗り、ガラガラだったが、立ったまま目的地まで向かった。わたしはあの日以来、バスも電車も座らなくなった。目的地の停留所にあったコンビニで温かいほうじ茶を買った。お会計をする際、レジ横に募金箱があったので百円入れた。「今日はあの話はしない。絶対にあの話はしない。笑顔で面接をやり切るんだ」とバスに揺られながら何度も何度も自分の中で繰り返した。

——今日はあの話はしない。

額にじわりと汗をかいた。大丈夫、タオルを持っている。こういう時のためのタオルだ。鞄《かばん》からタオルを出し、額を拭いたらタオルの繊維《せんい》が額についた。鏡を出して、顔についた繊維を取った。タオルを綺麗《きれい》に折りたたんで鞄に戻した。顔を上げると目の前に大きなスーパーの看板があった。

ママズキッチン

面接の約束をしているのは16:30だった。腕時計を見た。16:20。もう向かっていい時間だなと思い、わたしはゆっくりそのスーパーへと足を進めた。

正面の自動ドアを潜《くぐ》ると、大量のみかんが目に入った。そのまま果物、野菜売り場を通り過ぎると、緑色のエプロンをしたアルバイトの人たちが商品を並べたり、試食を配ったりしていた。

紫色の前髪をした中年の女性が「いらっしゃいませー」と強烈な視線をわたしに送ってきたような気がした。少し視線を下に落として電話で言われた通り、真《ま》っ直《す》ぐお弁当売り場の奥の扉を目指した。そこを抜けると事務所があるらしい。もうすぐだ。

——今日は、あの話は、絶対にしない。笑顔で面接を受ける。

自分の履いている靴を眺めながら歩き続け、お弁当売り場にたどり着いた時、鞄から鏡を取り出し、自分の顔を見た。作った笑顔はぎこちなかった。鏡を閉じようとした時、鏡に随分と自分よりも目線の低い女性の顔が映っていた。車椅子に乗っている彼女はじっとお弁当を眺めていた。

何か理由があったわけではない、けれどわたしはしばらく鏡に映るその彼女の顔をぼんやり見ていた。彼女はきっと、ただお弁当を選んでいるだけなのだけれど、この時のわたしの目には、とても寂しげに見えた。一人ぼっちに見えた。失礼な話だ、人を勝手に自分の仲間のように解釈して。申し訳ないと思い、わたしは鏡を閉じ、目の前の二枚扉を押した。もわっと暖房の匂いがした。そのまま真っ直ぐ延びる廊下を歩いていくと、クリスマス、と書いてある段ボールや、お正月と書いてあるのぼり、季節のイベントごとのいろいろが無造作に置かれていた。くたびれた一年を見ているようだった。置き去りにされた季節たちに眺められながらわたしはスーパーママズキッチンの事務所のドアを開けた。

「え……どうしよう？」

思ったより広い事務所の端っこにある事務机に突っ伏して男性が一人寝ていた。

他には誰もいなかったのと、彼がワイシャツを着ていたことから面接をしてくれる店長だとすぐにわかった。けれど、寝ている。

「すみません……」

小さく声をかけてみた。反応がない。

「すみません……すみません……」

謝りながら少しだけ揺すってみた。それでも反応がない。わたしは鞄からメモ帳を取り出し、自分の文字を確認した。

「ママズキッチン、おがさわらさん、十月三十一日、16：30」

腕にしている時計を見た、16：29。壁にかかっているカレンダーと時計も見た。日付も時間もあっている。どうしよう……。でも、面接をしてもらわないと……。「ごめんなさい、ごめんなさい……」と小さく何度も謝りながらわたしは彼の背中を叩いた。その瞬間、彼が飛び起きた。

「わ！　あ！　え⁉　誰⁉」

「あ、起こしてすみません、面接に来ました坂本順子です、ママズキッチンはこちらでしょうか⁉」

「あ、はい、あ、面接の。すみません、なんで俺寝ちゃってたんだろう……」

「こちらでしょうか⁉」

「あ、はい」

「よかったぁぁ、寝ていらしたから……わたし、何か間違えてしまったかと」

わたしは安堵で胸を撫で下ろした。彼はそんなわたしを、申し訳なさと不思議さの混じり合った目で見つめていた。わたしは鞄から履歴書を取り出し、真っ直ぐ彼に差し出した。何度も清書をしたが、履歴書が最後の一枚になってしまい、一箇所だけ修正インクで文字を直した箇所があることを思い出し、「ここが、修正インクですみません」と丁寧に謝った。

すると彼は笑いながら「そんな丁寧に書いていただきありがとうございます」と言ってくれた。何だか少しだけ心がほぐれた。大丈夫そうな気がする。今日は、大丈夫そうな気がする。「おかけください」と優しく差し出された丸椅子に腰を下ろした。が、すぐにわたしは立ち上がり、自己紹介をして深く頭を下げた。それから「失礼します」と言って、もう一度その丸椅子に腰を下ろした。ここ最近少しだけ痩せてしまったのか、丸椅子の固さがお尻にダイレクトに響いた。

履歴書を眺めながら、「僕、ここの店長をしている小笠原です」と彼はわたしに自分のことを紹介した。小笠原さん……。わたしは突如自分が人の名前を覚えるのが苦手なことを思い出し、鞄からメモ帳とペンを取り出し、「小笠原諸島……」と独り言を言い、それをそのままメモしようとした。

「え？」

「あ、わたし、人の名前覚えるのが苦手で、新しく出会った人の名前の覚え方メモしてるんです」

「へえー、あ、だから小笠原諸島」

「はい、あ、小笠原海運とどっちがいいですか？」

その質問がおかしな質問であることくらいわかっていた。でも、今この目の前に座っている小笠原という名前の男性との会話を何とかして続けたかったわたしの口からは、そんな質問しか出て来なかった。楽しい会話を。面接らしい会話を。

「あ、いえどちらでも」

「じゃあ……諸島で」

「はい」

膝の上にメモを置いて「小笠原諸島」と書いていると、彼はそのメモ帳を覗き込んできた。

「え、木村拓哉、木村カエラ、木村多江ってそれみんな木村さんですか？」

「あ、はい」

「逆に覚えにくくなっちゃってません？」

興味を持ってくれている、ちゃんと答えないと。

「いいえ、でもみんな別々の知り合いなんで、木村拓哉で覚えてる木村さんは水道屋さんで、木村カエラで覚えてる木村さんは美容室の担当の方で、あ、美容室って言ってもそんなおしゃれなところではなくって、見ての通り、わたし髪型とかにこだわりみたいなのないので、」

「あ、はい」

こんな見た目なのに美容なんかに興味があるって思われたら恥ずかしい。わたしの行っている美容室は本当に街の小さな美容室だ。

「だからもう床屋みたいな美容室なんですけど」

「美容室をそんなに謙遜する方、僕初めてです」

「すみません……、木村多江で覚えている木村さんは前のバイト先の女の子で……」

あ……。木村さんの話……。

「お、面接っぽい話に流れそうですね、何してらしたんですか？」

落ち着け、木村さんの話ではない。前職の話だ。新しいアルバイトの面接で前職について聞かれるなんてよくある事だ。

「スナックで」

「へー！　じゃあ時給とかよかったんじゃないですか？」

「一六〇〇円くらいでした」

そう、わたしは三ヶ月前までスナックでアルバイトをしていた。スナックの話。スナックの話。額に汗をかき始めた気がした。でも今、タオルを取り出すのはなんだかおかしいと思われてしまう気がして、鞄の中に手を伸ばせなかった。

「えー何で辞めちゃったんですかー？　うちなんかで働くより全然時給いいのに」

何で辞めたか。何で辞めたかを聞かれているだけだ。えっと、わたしは何で辞めたんだ。木村さん……違う、何だっていいんだ、適当に辞めた理由を言えばいいだけ。

「えっと、なんか、夜のバイト疲れちゃって」

今出来る限りの笑顔でそう答えた。そう、それでいいんだ。夜のバイトに疲れてしまい、わたしはスナックを辞めた。木村さんは関係ない。大丈夫。笑顔の裏など誰にもバレていない。このままで大丈夫。大丈夫。小笠原さんは笑顔で「あーありますよね、そういうの。実は僕も昔居酒屋でアルバイトしてたんですけど」と、自分の話をしてくれている。

この話を笑顔で聞いて、話を合わせていれば何の問題もない。大丈夫。木村さんは関係ない。バイトだし、関係ない。関係ない！

「すみません！　嘘を言いました！」

わたしは立ち上がり、彼に向かって深く頭を下げていた。ダメだ、やっぱり口から出さないと、本当のことを言わないと、罪悪感に押しつぶされる。自分のアルバイト経験の話を急に遮《さえぎ》られ、彼は驚いてこちらを見ている。

「本当は同僚が死にました。自殺しました。わたしのせいで死にました‼」

「え？」

またダ……もうダメだ……。

「そのスナック、女の子六人くらい働いてて、主に大学生とか若い子が多くて、二十代後半で働いてるのわたしくらいで、さっきの木村多江で覚えてた木村さんなんですけど、木村さんなかなか大学生の輪に打ち解けられてなくって、若い子たちからいじめられてたみたいで、わたし、それ気がついてたんですけど……バイトだし、関係ないし、見て見ぬふりしてて、そしたら、ある日バイト先のビルの屋上から……わたしが見て見ぬふりなんかしてたから……」

わたしは丸椅子に腰を下ろし小さく背中を丸くすることしか出来なかった。泣かないようにすることしか今は出来なかった。

「あ……」

小笠原さんはとても困っていた。それに対しても申し訳なくなった。こんな今日会ったばかりのわたしの、こんな大きな話を急にされたって困るに決まっている。こんなやつ、誰も雇ってくれないに決まっている。まただ……。何か言わなくちゃ……。

「……あ、すみません……なんか誰かに言わないともう、この罪悪感に押しつぶされちゃいそうで……ごめんなさい、こんなバイトの面接で……初対面だし、すみません……スナック辞めて以来六箇所くらい面接受けてるんですけど、どこでもこの話して落とされてるんです。そりゃ落としますよね……この時代に六箇所も面接落ちる人聞いたことないですよね……」

もう自分が笑っているのか泣いているのかさえわからなかった。苦しい。こんな話をしなければいいことくらいわかっている。こんなやつ誰も雇いたくないこともわかっている。でも、今のわたしは誰かにこれを聞いてもらわないと、生きていけなかった。苦しかった。ただただ話したかった。家族や友達にではなく、わたしという人間を何も知らない人に、吐き出したかった。とても乱暴な行為だとはわかっているけれど、そうしないと自分を保っていられなかった。木村さんを殺したのが自分なのではないか、ということが毎日怖くて仕方がなかった。バイト中、挨拶以外の言葉を交わしたこともない彼女だけれど、それでも自分が殺したのかもしれないと、見て見ぬふりさえしなければ、失わずに済んだ命だったのかもしれない、と、ただただ怖かった。

いじめにあっている木村さんがずっとこちらを見ていたような気がした。許してほしい。でも、許してくれる木村さんはもういない。この気持ちを一体どうやって抱えて生きていけばいいのか、わたしには到底わからず、一日を何とかやり過ごしていくことしか出来なかった。苦しい。

「でも、わかりますよ、坂本さんの気持ち」

え……。

「あ、いやなんかわかるとか適当なことは言えないんですけど、あ、適当ではないんですけど、見て見ぬふりしちゃうときありますよ、生きてくために」

死ぬほど気を遣わせてしまっている……。申し訳ない。こんな話をされたら、何か少しわたしに優しい言葉をかけてからでないと、「不採用だ」とは告げられないよな。この人の人生にわたしの今の話など一切関係ないのに、時間を使わせてしまっている。申し訳ない。どうして言ってしまったんだろう。自分勝手だわたしは。「すみません」と言いたいのに、小さく頭を下げることしかできない。小笠原さんは優しい声で言葉を続けた。

「それに、みんな誰かに大声で言ってすっきりしたいことの一つや二つありますよ」

誰かの優しさに今すぐ寄り掛かりたかったが、わたしにはそんなことをする資格がない。ただただ申し訳ない。どう思われているかわからない。こんなやつ誰も雇うわけがない。面倒臭すぎる人間だ、わたしは。帰るんだ、わたし。謝って、深く謝って帰るんだ。早く家に、家に着きたい。

「すみません、帰ります！」

「え、あの、」

「わかってるんです、不採用ですよね、お世話になりました！　あ、まだなってませんでした！　すみませんでした！」

深く頭を下げ、彼の持っている履歴書を奪い、わたしはその場から走り出した。タオル…タオルを出したい。あのドアノブに手をかければ解放される。ドアまでの数メートルの距離が死ぬほど長く感じられた。早くあのドアの外に出たい。この場がこんなにも居心地が悪いのは自分のせいなのに、小笠原さんは何も悪くないのに。そう思いながら必死にドアノブに手をかけると、自分が開けたはずの扉が逆方向からの力で開いた。

「おがさーん」

女性の声がしてわたしの心がぎゅっとなり、同時に何かに視界を遮られたので咄嗟《とっさ》に目をつむった。

「うわ！　びっくりした！　ごめんなさい、ぶつかりました？」

ウエーブがかかった髪の毛を一つに束ねた女性が、驚きながら優しくわたしの肩に手を当ててそう言った。人の手が、肩に触れるのなんていつぶりだろうか。手の温《ぬく》もりがわたしの身体中に走った。

「大丈夫？」

もう何故だかわからない。その優しい声と温もりに涙が溢《あふ》れてしまいそうだった。わたしはただ、その場に立ち止まることしか出来なくなっていた。

「あ、西岡さんちょうどよかった。彼女、明日から働いてもらう坂本さん」

え……。

「えー新人さん？　うれしいーわたし、バイトリーダーの西岡です」

「バイトリーダーの西岡さん。すごく優しい人だから、いろいろ教わって？」

何が起きているのか一瞬理解できなかったが、今のわたしは彼らの優しさにただ少しだけ寄り掛からせてもらう以外に、生きていく術が見つからなかった。

「よろしくお願いします!!」

深く頭を下げた。西岡さんはわたしの背中を笑いながらさすっていた。この温もりを、木村さんにもあげたかった。わたしじゃなくって、この温もりは木村さんがもらうべきものな気がした。

また同じバスに乗った。バスに乗る前に、用もないのに立ち寄ったコンビニの募金箱に五百円玉を入れた。バスの中で喉が渇いていることに気がつき、行きに買ったほうじ茶を飲んだ。すっかり冷めていた。椅子に座りたかったが、帰りもバスの椅子には座らなかった。

募金箱にいくらお金を入れたって、いくらバスの中で立っていたって、わたしの心が木村さんに許されることはない気がした。でも、わたしは東京都三鷹市のスーパー、ママズキッチンのアルバイトにこの日採用された。三ヶ月ぶりに仕事の予定が出来た。今日も一日、何とか終えることが出来た。寝て起きたら、十一月になっていた。

## 神谷はな

安藤くんの背中の熱が少しなくなった頃、わたしたちはソファで寝てしまった。

「寝ちゃってたね」

彼が起きて、わたしの顔を見ながらそっと呟《つぶや》いた。たった二十分二人で寝てしまっていただけのその時間がとっても幸せに感じた。夕飯の支度の続きをしようとわたしが立ち上がると、彼は床に落ちているタウンワークを拾って、こちらへと見せてきた。

「はなと同じくらい稼げるように今日も買ってきたから」

わたしは思わず笑った。安藤くんはいつもタウンワークを「買った」と言う。

「フリーペーパーじゃん」と言ってもいつだって「買ったし」と言い張る。その姿にわたしはいつも笑ってしまう。その小さなプライドをおかしみで包《つつ》んだ言葉が愛《いと》おしかったからだ。「買った」と言い張るタウンワークをにこにこしながらめくる安藤くんを横目にわたしはお米の袋を開けた。

「あーもうこれしかないのか……」

お米があと少しで切れそうだった。数日中にお米を買いに行かなきゃなと思いつつ、野菜を洗い始めた。

「はな、これ良さそうじゃない」

キッチンに立つわたしの方へと、グレーのTシャツにグレーのスエット姿の安藤くんがやってきた。

「ん?」

「これこれ」

折り目のついたタウンワークのページには、緑のエプロン姿の男女が微笑《ほほえ》む写真が載っていた。

「スーパー?」

今週の三鷹市のタウンワークの中から安藤くんが自分にも出来そう、と思ったのはスーパーマーケットのアルバイトだった。いいねって思った。料理をするわたしの横で、安藤くんは、今月二度目の履歴書を書き始めた。二十七年も生きているのに自分の背の高さにまだ慣れていないような背中を丸めた彼の姿が愛おしかった。

## 坂本順子

わたしは日々、スーパーママズキッチンの仕事を、着々と覚えていた。

「ちょっとちょっとまた来た!!」

バイトリーダーの西岡さんに仕事を教わっていると、紫色の前髪を左右に揺らしながら利根川さんがすごい勢いで事務所へと走ってきた。

「車椅子の女。パープリンでしょ、あれ。坂本さんも気を付けた方がいいよ」

「あの……？」

「あ、最近よく来る女。車椅子のパープリン」

「え？」

「利根川さん言い方が」

パープリンなんて久々に耳にした。昔、母が好んで見ていたテレビ番組の中で芸人の男性が自分の後輩を罵《ののし》るようにいじる時に使っていたことを利根川さんの口調から思い出し、なんだか嫌な気持ちになった。

物腰の柔らかい西岡さんに対して、利根川さんは常に言葉にトゲがある。というかトゲしかない。こんなに激しく言葉を口からまるで唾のように飛ばしていて疲れないのだろうか、と思ったがこの生き方の方が疲れないのかもしれない、とも思った。わたしは手に持っていた小さなメモ帳に「車椅子の女性、注意」と書き込みながら二人の会話に耳を傾けた。

「あれね、自分が車椅子だから何でも許されると思ってんだよ」

「まあでもかわいそうじゃないですか」

「ふーん、優しいね。そうやってね、障害者贔屓《びいき》するやついるから調子に乗って毎日万引きしにくんだよ、あたしは車椅子だろうと普通に接するからね。あんたみたいに変な気づかいする方がよっぽど迫害だからね？」

「うーん、確かに、一理あるかも」

「普通の人と同じに接するってそういうことでしょーが、アホ」

「アホって言われちゃった」と西岡さんが笑いながらこちらを見てきたので、わたしもぎこちないなりに合わせて笑った。わたしはその笑顔のまま自分のメモ帳へと視線を落とし、自分のメモに情報が足りないことに気がつき手を挙げた。すると利根川さんが「ん？」とこちらを見た。

利根川さんは言葉にトゲがあるし、沸点《ふってん》のわからない女性ではあるが、なんだかわたしはさほど苦手とは感じていなかった。むしろ何も気を遣わず接してくれるので、こちらも気が楽だったし、「どうせきつく言われるのだろう」という前提で会話をするので、少しでも優しくされるとなんだか嬉しかった。

「その車椅子の方がどうされたんですか?」と尋ねると、西岡さんが先に口を開いた。

「ああ、なんかここのところ毎日、え、もうどんくらいになるかな……」

「三ヶ月と四日」

「数えてんですか?」

「神経症だから、そういうの気になっちゃうの。三ヶ月と四日、毎日うちのスーパーに来て、『お金ないんでお弁当タダでください』って言ってくるの」

　西岡さんの説明を遮って利根川さんが教えてくれた。そして「パープリンでしょー?」と同意を求められたので、「それはちょっとあれですね……」という、はいともいいえとも言えぬわたしらしい相槌を打った。そのまま利根川さんは手元にあった雑誌を開き、付録の部分をビリビリと破き出した。この日、事務所にあった雑誌は三冊。三冊ともすべて付録が付いていたので、すべての付録を利根川さんは破り取り、自分の鞄の中に入れていた。その行動に西岡さんはなんの驚きも示していなかったので、きっとここではこれが当たり前の光景なのだろう、と思った。破り取った付録は全てポーチだったので、そんなにポーチをいくつも持って帰って何を入れるんだろう、と気になったがそんな質問をしたら怒られるような気がしたので、黙っておいた。

しかし次の瞬間、利根川さんが「一個いる？」とポーチを見せてきた。

え？

「全部ポーチよ、これ。雑誌の付録ってだいたいポーチでしょ。こんなもん誰もいらないからどうせ捨てられちゃうならってあたしもらってあげてんのよ。もったいないでしょ、結構よくできてんのよ？　最近の付録って。いる？　もらってよ、一個。あたしん家《ち》ポーチだらけなんだからもう」

わたしにポーチを一つ差し出してきた。わかるようなわからないような話だった。「ありがとうございます、いただきます」と受け取り、なんとなく自分だけもらうのは気がひけたので西岡さんの方を見た。

「あー大丈夫大丈夫、その人はね、いらないのよこういうの」

と利根川さんが言った。いくつ目がついているんだろうと思うほどに利根川さんは周りがよく見えている。わたしがもらったポーチを鞄にしまおうとロッカーの方へ向かうと、事務所のドアが勢いよく開き、そこには汗をかいた金子さんが切れる息を必死に飲み込むように立っていた。

「何？　また絡まれた？」

利根川さんが尋ねたが、金子さんは何も答えなかった。すごく体に力が入っているように見えた。

わたしは何故かあまり音を立ててはいけない気がして、付録のビニールがカサカサならないようにそおっと鞄の中にしまって、西岡さんの隣へと戻った。わたしが戻るのと入れ違うように利根川さんが立ち上がり、金子さんの肩を両手でポンポン叩きながら、

「そもそもあんたがお弁当あげちゃうからいけないんだよ？」

「すいません」

「話聞くからだよー？　あたしみたく無視すりゃいいんだよ」

「で、でも、く、車椅子なんで……」

「関係ないよ、車椅子だからって何でも許されるわけじゃないって教えないと」

金子さんはまた黙ってしまった。何かが自分のどこかにつかえたようにじっと自分の手先だけをみつめている。触らなくてもその手が汗ばんでいることがわかった。金子さんはいつも厚手のニットのセーターを着ている。そんなに着込んで暑くないのかな？　と思うほど肌を見せない金子さんを見ていると、なんだか洋服に守られている人のように思えた。利根川さんに肩をさわられながら、金子さんは事務所のパイプ椅子にすとんと腰掛けた。

車椅子の女性について聞いたことをメモに書いていると、わたしはふと、このスーパーに一週間前、初めて来た時のことを思い出した。お弁当売り場を眺めていた車椅子の女性。女性というにはまだ若いような気もする二十代前半の女の子。あの時寂しげに見えたのはわたしの心の問題ではなかったのかもしれない。そして、金子さんもまたとても寂しげに見えた。けれど、わたしにはその「寂しさ」の原因などわからないし、わかったところで差し出せる手など持ち合わせていないので、ただただ自分の中でこうして考えを巡らせるだけだった。

「おいーす」

派手な服装の矢神さんが出勤して来た。金子さんの顔がますます曇った。わたしはそんな様子を傍観していた。

それからも日々わたしはただ黙ってみんなを見て過ごした。

ギャルの遠山さんと、変な服装の矢神さんは付き合っている。この日、五分休憩中の遠山さんはみんなの前で矢神さんが昨日帰宅しなかったことについて、問い質《ただ》していた。この日は土曜日ということもあり、出勤している人数がいつもより多かった。

「遠山さんと矢神さんはカップル」

バイトリーダーの西岡さんは熱心にいろんなことをわたしに教えてくれる。

面接に来た日、わたしの背中をそっとさすってくれた彼女にわたしは日々仕事を教わっている。仕事の出来る彼女からしたら、わたしのような鈍臭いやつと行動するのはとてもストレスだろうに、嫌な顔一つせず、いつもにこにこ丁寧に仕事や仕事外のここの人たちのことを教えてくれる。

遠山さんと矢神さんは同棲をしているらしく、最近矢神さんの外泊が多いことに遠山さんは腹を立てている様子だ。

「飲み会飲み会」とあしらうように答える矢神さんに、遠山さんはこの日諦めず詰め寄っていた。

「終電間に合わない時とかさ、わかった時点で教えてほしいな」

「ああ、ごめん、今度からそうする」

「こないだもそう言ってたじゃん」

「ああ、ごめん、お前ほら、バイト先でそういう話すんなよー」

「しかも全然電話出てくれないし、心配になっちゃうよ、道で寝て凍死したんじゃないかとか」

その発言に利根川さんが噴き出しながら「凍死って」と鼻で笑った。それは明らかに小馬鹿にしたニュアンスだった。

「しないしない、外で寝ないし俺」

「寝るじゃん」

「遠山ちゃんね、酔っぱらって寝るような彼氏ほったらかしたらいいんだよ」

「そうそう」

「いやでもほったらかしたら本当に何するかわかんないんで」

「男は死にゃしないから」

「そうそう、だから心配すんな心配すんな」

二人の会話に割って入る利根川さん。その発言にますますイライラしている様子の遠山さんだったが、ここで喧嘩《けんか》しても自分が不利だと思ったのか、イライラを唾と一緒に飲み込むように、「そうそうじゃないんだけどまじで……」と小さく呟いた後すぐに、

「うん、でも連絡は欲しいな。わたし、一人の時怖いから家のチェーン閉めた

いからさ」

「わかったよ、うるさいねえー」

その足で遠山さんは金子さんに近づき、先ほどまでよりワントーン高い声で、

「あと、金子っち、また車椅子のお姉さんが『金子出せ』って」

金子さんは遠山さんを見つめたまま何も言わない。

この二人の会話にも割って入るのもやっぱり利根川さんだ。

「何、あのパープリンはあんたのことが好きなんじゃない？」

「好きなわけないです!!!」

こんなに大きな金子さんの声を、多分ここにいる全員が初めて聞いたので、一瞬全員の時が止まったような気がした。もしかしたらわたし以外はこんな金子さんの一面を見たことがあるのかもしれないが、少なくとも利根川さんまでもが黙ってしまったので、きっと誰も知らない一面だったのではないかと思う。

しばらくして利根川さんがいつものペースを取り戻し、「何？　知り合いなの？」と聞くと、金子さんもいつもの調子で「ち、違います」と答えた。

「また十年間どうこうとか、わけわかんないこと言ってるから、お弁当渡して帰ってもらっちゃうね」

「……ありがとう……」

「そうやって毎日誰かが渡すから毎日来るんだよ」

利根川さんの嫌味の一言を無視して、遠山さんは店内へと戻って行った。「あ、はーちゃん危ないから俺行くよ」と、その背中を矢神さんが追ったが、うざいと遠山さんに振り払われていた。遠山さんは可愛い人だ。嫉妬もやきもちもあんな風に表に出せるからモテて、可愛いと思われるのだろう。自分には到底できないなと彼女を見ながらそう思った。

わたしはまた例の二人とこの部屋で三人きりになってしまった、と思ったが、ふと左側を見ると隅っこの丸椅子に金子さんがいた。彼は本当に幸《さち》が薄い。なのに存在感というか何か放って置けないオーラだけがそこにある。不思議な人だ。

「遅番《おそばん》の人が入る時はほら」と西岡さんに言われた。そうだった、「行ってきます」「行ってらっしゃい」の挨拶をいつもわたしは忘れてしまう。気がついた頃にはもうそこには誰もいない。またやってしまった。

「女と遊んでたんじゃないかって疑ってんならそう聞いたらいいじゃんね？　それをわざわざオブラートにくるんでさ、あたかも心配したんだからみたいな感じ出して。おお気持ちわる！　あの二人お似合いじゃないよねー？」

利根川さんは遠山さんのことなると何かとわたしを味方につけようとしてくる。そのたびわたしは「ほほー」という謎の音を口から出して「なにそれ？」と言われていた。遠山さんのケアに失敗した矢神さんがとぼとぼ事務所に戻ってきて、珍しく黙って椅子に座ってスマホをいじっていた。利根川さんも珍しく黙ってスマホをいじっていた。

「あ、坂本さんうちらもう休憩終わりだわ、戻ろ」

西岡さんに言われて、わたしはゆるくしていたエプロンの紐《ひも》を直し、店内へと向かった。「ほら」と言われ、「行ってきまーす！」と大きな声で利根川さんと矢神さんに挨拶をした。二人はスマホをいじりながら片手を挙げて「行ってらっしゃーい」と返してくれた。同じポーズだった。

店内に戻り仕事をしていると、西岡さんから「ちょっと笑ってみましょうか？」と言われた。わたしは精一杯の笑顔を西岡さんに向けたが「なかなかに引きつってます」と笑われてしまった。それでもわたしはこうして覚えることのある日々に救われていた。

矢神さんはきっと利根川さんと何か人には言えぬ関係なのだろうけれど、そんなことわたしには関係のないことなのでどうでもよかった。


この日、仕事を終えて更衣スペースで着替えをしていると、

「ああ、安藤くん？　ママズキッチンの小笠原ですー昨日の面接の件なんだけど、採用ってことになりました」

という声が聞こえてきた。

「あ、ほんと、じゃあ悪いんだけど、明日、十三時に面接した事務所に来てもらっていい？　うん、なんか動きやすい恰好と汚れても大丈夫なスニーカーで

きてくれたらいいから。はい、じゃあそういうことでーよろしくー」

新しい人が入るんだ、と思った。わたしは「安藤さん」の名前の覚え方について考えながらこの日家路に就いた。自分より新しい人が入ってくるのは少し楽しみだった。

## 神谷はな

「あ、ありがとう……もしもし？　……あ、はい。あ、そうっすか。あ、やったー。あー明日から入れます。あ、はい、十三時に事務所。あ、はい、動きやすい服とスニーカー。はい、よろしくお願いしまーす」

安藤くんがアルバイトの面接に受かった。今回のニート期間は過去最短の八日だった。まあ、前回のアルバイトは一日で辞めてしまっているので、それを

「働いた」とカウントしていいのかは謎だが、安藤くんが働くことに前向きになっている様子がわたしにはとても嬉しかったし、前向きな時にかかってきた電話が「採用」の知らせだったことに安堵したし、採用してくれた会ったこともないスーパーマーケットの店長さんに心からのありがとうを感じた。

犬のようにふわふわとした笑顔を見せながら「さすがに今回は辞められないな」と言う安藤くんに、「でも合わなかったら無理しないでね。合わない仕事するのストレスになるから」と伝えた。安藤くんが無理を出来ないことは誰よりも知っている。少し無理をすれば生活が乱れ、心が安定しなくなる。そんな安藤くんを見るのはとっても辛いので、その辛さを一緒に味わうくらいならしばらく働いていなくったって穏やかでいてくれる方がよっぽどよかったし、それさえあれば幸せだった。

それに、自分という存在が彼に何か少しでも良い影響を、作用を、与えられている気がして、わたしはそこにも満たされていた。「はなさえいれば」と思ってほしかった。わたしは「安藤くんさえいれば」だったから。でも、無理をしないでと伝えたら安藤くんは、「はなにこれ以上生活費借りれないし、あと、たまには服とか買ってあげたい。付き合ってから、まだなんもしてあげてないから」とわたしの手をちょっと触りながらそう言った。そんなことを考えてくれているなんて思っていなかったので、この時わたしはとても温かい気持ちに包まれた。と、同時に、安藤くんが買ってくれる服ってどんなのだろう、と考えたら少し笑ってしまった。

小馬鹿にしたのではない。でも、安藤くんはあまりわたしの好みを理解しているようには思えなかったので、どんなものをくれるのだろう、とおかしかったのだ。

「うん、でもわたし欲しいものとかないから」

「じゃあ考えといて」

「うん、ありがとう」

「……スティッチの人形とか……？」

「いらない」

と、わたしがくしゃっとした笑顔を作って答えると、

「そお？　あ、キティちゃんは？」

と安藤くんは言ってきた。かわいいと思う気持ちともう少しわたしのことわかってという気持ちを混ぜた笑いを出しながら、

「いらない、わたしあんまキャラクターわかんないから」

と伝えた。

「そうなの？」

そうだよ、安藤くん。わたしはキャラクターに興味がなくて、ぬいぐるみを集める趣味もないんだよ？　わたしに何かしてくれようとする気持ちは死ぬほど嬉しいし、温かい気持ちになったが、こんなに一緒に過ごしているのにわたしのことちゃんと見てくれてるかな？と不安になった。

いつだってわたしは安藤くんにとって、前の彼女の代わりに過ぎなくて、寂しさを紛らわす人に過ぎないのではないか、そんな気持ちにもなった。目の前にいるのに、すぐに触れられる距離にいるのに、この気持ちになる時、とても

安藤くんを遠くに感じた。

わたしはこんなに見ているよ、こんなに、二十四時間安藤くんのことを考えているよ。君もわたしを見てくれているけど、その目にはちゃんとわたしが映っているのかな。でも、そんなこと今の安藤くんに言っても、傷つけてしまうだけだし、何も楽しい時間にならない。もっと、もっと一緒に、ゆっくり時間を過ごしていくしか解決法がないのだから、そうする他なかった。

今こんなに好きな人と二人きりで一緒に暮らせていることが、毎日彼とごはんを食べられていることが、一緒に眠れていることが、朝起きた時に必ず隣にいてくれることが、ただそれだけが幸せなのだからそんなに不安を探さなくていいじゃないか、と思った。

「はなは不安を探し過ぎだよ」

昔、友人からそう言われたことがある。わたしには「こうなんじゃないか、ああなんじゃないか」とすぐに不安を探してしまう癖がある。別にいじめられていた過去があるわけでもなければ、家族から愛情を受けず育ったわけでもない。これと言って目立った不安を作るような事件が人生にあったわけでもなく、至って平凡に二十四年間生きてきたつもりなのに、なのにわたしの心にはいつもぽっかりと寂しさの穴が開いていて、気を抜くと孤独を感じてしまうことが多かった。今だってそうだ。隣を見れば安心出来る顔がそこにあるのに、安心の顔の先、その奥の心に不安を探しにいってしまう。

「はなだけが好き」「なにかしてあげたい」その言葉をストレートに受け取り、信じられる心を持っていたらどれだけ今わたしは幸せだろうか。安藤くんの仕事が長続きしないこと以外、不安を感じることなどないはずなのに、何故だろう、さっき温かくなったはずのわたしの心はまたぽっかりしてしまっていた。

その穴を埋めるように、わたしは夕飯の支度を始めた。手を動かしていれば、なんだか落ち着いた。

お米が明後日にはなくなってしまいそうだ。「はな」と安藤くんの呼ぶ声がした。そして声がしてからすぐにわたしの背中にぴたっと彼の体がくっついた。

「んー？　どうしたの？」

「嫌だったらいいんだけど、今日だけ、バイト決まったから今日だけ、お酒飲んでもいい…？」

「え、全然いいよ？　ダメって言ったことないじゃん」

安藤くん、わたしはそんなことじゃ怒らないし、何もダメって言わないよ。

「うん、じゃあビール買ってくる」

「うん」

でもすぐに、グレーのTシャツにグレーのパーカーを羽織《はお》った安藤くんがこちらに戻ってきて、

「ごめん……、五百円貸してもらってもいい……？」

「あ、そっか、ちょっと待って」

「ごめんなさい、ほんとごめんなさい給料入ったらすぐ返すから」

安藤くんは自分のダメなところに気がついている。でも、心が弱くてそれに勝てない。

いいんだよ、わたしには甘えて。安藤くんがしんどくないように、辛くならないようにわたしは側にいるんだから。だからわたしだけを見ていてね。

お財布から五千円札を取り出し、

「お米、もうなくなっちゃうからわたし一緒にスーパー行く。お米、重たいから持って？」

と安藤くんと手を繋《つな》ぎ、一緒に家を出た。数分も離れていたくはなかった。少しでも離れてしまったら感じている不安がまたどんどん大きくなりそうだったからだ。繋いだ安藤くんの手はとっても大きくて少し汗ばんでいた。冬の訪れを感じる肌寒い夜だった。

安藤くんはこの日、缶ビールを四本飲んだ。

## 久須美杏

知らない男の人が事務所に座っていた。きっと新人さんだろう。これから年末に向けて忙しい時期、新人さんは何人いても助かる。そんなことバイトのわたしが気にすることじゃないけれど、わたしはそう思ってしまう性格だ。「バイトなんだから適当にやればいいじゃん」が出来ない。会話もそうだ。「なんとなく適当に喋ればいいじゃん」が出来ない。わたしは、適当が苦手だ。そんなわたしの横で、七海ちゃんはきゃっきゃっと遠山さんとしゃべっていた。

「え、それでそれで?」

「で、利根川さんの誘惑に乗っちゃっただけで、もう二度としませんって言って、『陽奈《はるな》大事宣言します』とか言って、ちょーウケるでしょ」

矢神さんは利根川さんと浮気をしていたらしい。こんな狭いバイト先で気持ちが悪い。

気持ちが悪いって思っているわたしがおかしいの？　って思うくらいみんなはそれを知っても普通だ。七海ちゃんなんて、「陽奈大事宣言とかかっこいい～」と言っている。

かっこいいか？　どこがだ？　わたしには理解できなかった。最近、七海ちゃんは服装がちょっと派手になった。どうやら遠山さんと買い物に行ったらしい。七海ちゃんは目が大きくて、身長も女の子らしくて、ぱっつんの前髪も似合っていて、何の洋服でもよく似合う。だから何を着ていたって構わないのだが、なんだか少しだけ距離が生まれてしまった気がした。いつだってジーパンのわたしと、バイトに来るだけでもきちんとお化粧をして、黒目を大きくするコンタクトを入れて、短いスカートにお洒落《しゃれ》なハイソックスを履いて来る七海ちゃん。きっとバイト先だから仲良しになれたけれど、同じクラスだったら六年間一緒でも挨拶程度しかしない仲だったかもしれない。

「で、このかばん買ってくれたの～」

「ええーすごーい！　いいなー！　かわいい～」

すごいかな……。浮気してたんだよ？

「物くれればいいってもんじゃないけど、気持ちとかって目に見えないからちゃんとこうやって形でくれるのはうれしいなぁって」

全然わからない……。

「わかりますわかります、値段とかじゃないけど、自分のために買ってくれたってことが、やっぱり高いものもらったらうれしいですよね～そして本当に可愛いそのバッグ！　ね？　杏ちゃん見てほら！　矢神さんこんな高いの買ってくれたんだって！」

わかるんだね……七海ちゃんは。屈託のない笑顔でこっちを見てくれているが、わたしは全然二人の会話についていけないんだよ。だからいつもこの三人になると「うんうん、」とか適当でつまらない相槌しか打てなくなる。きっと七海ちゃんはこんなわたしより遠山さんと話している方が楽しいんだろうなぁ。

「杏ちゃん来月のシフト出したー？」

二人に背を向けてシフト表の貼ってあるホワイトボードを眺めて、取る意味のないメモをスケジュール帳に取って卑屈になっていたら、いつも通り七海ちゃんはわたしに話しかけてきてくれた。こうやって頑《かたく》なに会話に入れない自分をなんとかしたい。でも、どうにも遠山さんが気持ち悪くてしょうがないのだ。

そんなわたしの気持ちに追い討ちをかけるかのように、

「てか、それより最近ちょっとやばくて」

「え？」

「いや、金子っちがさ、ちょっと最近怖いんだよねー友達の線越えてるっていうか、」

「え、でも絶対金子さんって遠山さんのこと好きですよね？」

「えーそうなのかなー」

こういうところだ、遠山さんのこういうところがわたしは苦手なのだ！　金子さんの手をべたべた触り、相手の持っている好意を膨れ上がらせたのは自分だろ？「えーそうなのかなー」じゃない。好きだと思われていること、誰よりもあなたが気がついているでしょ？　どうしてそんなあからさまな知らん顔が出来るの？

「ねえねえ、杏ちゃんもそう思うでしょ？　金子さんって遠山さんのこと一〇〇パー好きだよね？」

うー……わたしに振らないでくれ……答えられないよ……今口を開いたら嫌なこと言っちゃうよ……七海ちゃんの前で嫌なこと言いたくないよ……遠山さんなんかに嫌なことわざわざ言いたくないよ……何か別の言葉を、適当な言葉を出せわたし……。

「さー、あんまわかんない」

これが今絞り出せる精一杯の言葉だった。

「なんかさ、でもこれ自分で言うのマジ自意識過剰だよねーこれで金子っちがわたしのことなんにも思ってなかったらほんと失礼だし、申し訳ないよねー」

「そんなことないですよ」と言ってほしい魂胆しか見えない。もう聞いているだけで吐きそうだ。

「え、でもわたし一〇〇パー好きだと思いますよ」

「んーでも矢神くんもそれすごく心配してて、『お前みんなにやさしいから金子に勘違いされてる』みたいなこと言ってて」

「あー確かに」

「え、あたし、本当に無意識なんだけど、そういう勘違いされるようなことしてる？　え、ねえねえ教えてー？　二人から見てどお？」

巻き込まれた！　最悪だ！

「遠山さんって人に相談するの好きですよね」

あーもうダメだ、口が開いてしまった。だっておかしいのはこの人なんだもん……。

「え？」

「いや、なんかよく相談してるなって思って」

もう止まらない。

「そーわたしすぐ相談しちゃうんだよねー」

「相談するならうちら、ってか七海ちゃんみたいな年下より、年上の人に相談した方がいいんじゃないですか？」

「え？」

「いや、うちら遠山さんより六つも年下だからあんま相談にならないんじゃないかなって」

わたしは可愛くない。可愛げがない。自分でもわかっている。大人は正論を可愛げのない年下から言われると嫌な気持ちにしかならないことをわたしだってもうわかっている。でも、わたしはこうなのだ。「杏ちゃんは彼氏いないからでしょー」と七海ちゃんが笑っている。きっと場を和ませようと、笑ってくれている。わたしはその優しさでも気持ちが収まらなかった。

「じゃなくって、うちらみたいな子供じゃ、参考になる意見言えないじゃん、遠山さんより経験少ないし」

「なんか、相談っていうより話聞いてほしいみたいな感じで喋っちゃうんよね、わたし。ごめんね、迷惑だったよねー二人同い年なのに一人おばさん入ってたら気まずいよね～！　ごめ～ん」

「え、全然迷惑じゃないですよ～」

わたしが壊した空気を七海ちゃんはすぐに笑い飛ばしてくれる。ごめんね
……本当はわたしも楽しく喋りたいのに。

「久須美ちゃんってしっかりしてるから羨まし～」

「杏ちゃんはね、ちょっと老けてるんですよね、おばさんみたいなとこある」

そうやって、空気を乱したわたしを「おばさんキャラ」にして笑いに変えてくれる。ありがとうって思ってるのと同じくらい、わたしはそんな風にいじられるの本当は嫌なんだよ、って思っていた。どうでもいい人に言われるのなら心底どうでもいい、でも七海ちゃんにそれをされるのは嫌だった。なんか、嫌だった。だからわたしは余計にこの時間を孤立して過ごしてしまった。

このあとすぐ矢神さんが迎えに来て、遠山さんは笑顔で手を振って帰って行った。わたしもぼんやりそっちの方向へと手を振ってみた。遠山さんの手は大

きく振られていたが、視線は七海ちゃんだけに向いていた。ふと幼稚園の頃、好きな女の子と写真が撮りたくて隣に並んだのに「わたし杏ちゃんじゃない子と撮りたーい」と言われてポツンとしてしまったことを思い出した。何故だろう、わたしはいつも大勢の中にいるように見えて、ひとりぼっちだった。

見知らぬ新人の男性と目があった。この人にもわたしがそんな人間だって気がつかれているのかなって思った。坂本さんはずっと、椅子で居眠りをしていた。やっぱりわたしには七海ちゃんしかいなかった。

「遠山さんって絶対友達いないよね」

なのに、

「え、なんで?」

「だって普通こんな年下のうちらに相談事とかしないでしょ」

わたしの口から出る言葉は、

「えーそお? バイト先で話が合うのうちらしかいないんじゃないのー?」

「ああいう人って絶対相談みたいなことしたいだけなんだよ。何考えてるのかわかんないから怖い」

「何も考えてないんじゃない？」

「あれ、絶対同世代から相手にされなくなって、どんどん年下に行ってんだよ」

こんなんばっかだ。

「杏ちゃん、わたしが仲良くしてるからやきもちでしょ？」

そう、その通りだ。でもわたしは「そう」なんて言えるほど、素直になれるわけがなかった。七海ちゃんしかいないのに。「もっと仲良くなりたい」なんて今わたしが言ったら「何言ってんの〜？　うちらニコイチじゃん」と笑顔で返されるだろう。でもあなたの思っているニコイチとわたしの思っているそれは全然違うところにあった。もっと、なんでも話せる友人になりたかった。そしてわたしは、小笠原店長と七海ちゃんが早くまた喧嘩をして欲しい、と思ってしまった。相談を受けている時だけ、わたしは必要とされている気がしたから。彼女を独り占め出来たから。

店内に戻る途中の道で金子さんに会った。

「と、遠山さんは？」

「あーさっき矢神さん迎えに来て帰りましたよー」

七海ちゃんはそう言うと小走りで走り、廊下の角を曲がったところでわたしを待っていた。

「絶対好きだよねー！」と、ケラケラ笑う七海ちゃん。

金子さん、遠山さんは金子さんの優しさを利用してるだけだよ、って教えてあげたかった。金子さんに向けた言葉なのに、なんだかわたしも胸が痛かった。

今日は、ボジョレー解禁日で、売り場では七海ちゃんと利根川さんが試飲を配る係だった。わたしも試飲配る係、やりたかったなぁ。

**坂本順子**

面倒な会話の時は寝たフリだ。若い子たちの話題にはなるべく入らないようにしている。

わたしは派閥に入りたくない。彼女たちの声がしなくなって誰もいなくなったのだろう、とゆっくり目を開けると、思いっきり目の前に見知らぬ男性がいた。「うわ」と思わず声を出してしまった。なんだかそんな声を出してしまったことが相手に対して失礼だったのではないかと思い、咄嗟《とっさ》に声の延長で大きなあくびをしてみた。物凄く不自然なあくびになったが、初対面の人にわたしの通常のあくびなど知られていないので、こういう人なんだ、と思われてそれで終わりだ。

初対面は関係性がなく、気が楽だ。わたしのあくび終わりに、ケータイから目を上げて首を前に出す形で軽い会釈をしてきたその男性が、例の新人の安藤さんだとわたしはすぐに気がついた。

「今日からですか？」

「あ、はい」

「私も入ったばっかりなんで、よろしくお願いいたします。坂本って言います。ありがちな名前だから覚えにくいですよね」

わたしが言うと、

「そうでもないんじゃないですかね？　あ、よろしくお願いします、僕、安藤って言います」

その男性は答えた。やっぱり。安藤さんだった。アンドーナッツで覚えると決めていた安藤さん。思ったより背が高かった。と言っても座っているので憶測だが、なんか背が高い感じがした。年齢が気になったので聞いてみると、同い年だった。

共通の話題があるかもしれない、と思った次の瞬間、

「イノシシ？」

彼がわたしの方を指差して来た。咄嗟にわたしは自分の口元を隠した。え？　わたし猪《いのしし》に似てるって今言われたの？　あまりの驚きに涙が出そうになった。でもそんなわたしを不思議そうに彼は見ている。人を猪呼ばわりしておいてそんな顔でこちらを見ないで……。「猪に似てるって言われて何が不思議なんですか？」といったような表情でこちらをじっと見ている。

「あれ？　亥年《いのししどし》じゃないですか？」

「ああ、びっくりした……」

あああびっくりした……干支《えと》の話か。落ち着いて考えてみたら、大の大人が初対面の人に向かって「猪に似てる」なんて言葉を放ってくるわけがない。そんな失礼な人間だと一瞬でもこの人のことを思ってしまったことを心の中で謝罪した。落ち着けわたし。人と他愛もない話をしたいだけなのに、どうしてこんなに頑張らないと出来ないのだろう。落ち着いて、喋りたい。ほら、相手は

わたしに距離を感じてしまっている。普通に話を、普通の話をしなくちゃ。バイトの話。バイトの新人同士の話の引き出しを開けなくちゃ。

「スーパーのアルバイト初めてですか？」

そうそう、こういう話をしたらいいんだ。

「あ、はい」

「わたしもで。なんか思ってたより働いてる人若いんだなーって思いませんでした？　さっきの子達とか、二十歳ですって」

「ああ、若いっすね」

良い感じだ。このまま他愛もない話を続ければ大丈夫。

「ね、わたし達が二十歳の時とか、スーパーでバイトしようなんて思いませんでしたよね」

「あーそうっすねー」

「ねえ」

終わってしまった。会話が終わってしまった。何か喋らなくちゃ。あ、また安藤さんはケータイをいじり始めてしまった。つまらなかったのかな……。こいつとはさほど話しても楽しくないって思われてしまったかな。何か、話をしなくちゃ。わたしのことを、少しでもわかってほしい。話を聞いてほしい。

「なんか、わたし前のバイト先でいろいろあって、それで、女子が少なそうで、あんまり同世代の人がいなさそうなバイトを探してここにしたんですけど、女の子多いし同世代ばっかりで……」

「あ……なんかすいません……同じ年だし、俺」

「あ、すいません！　そういう意味ではなくって……すいません！」

「いやいや、すいません、そんな気にしてないんで」

どうしてわたしはいつもこうなってしまうんだろう。

「あ……いや、なんか女子が多いとそういう、なんか派閥みたいなのがあるじゃないですか。わたし、派閥には入らないって決めているんで。だからさっきみたいに女子だけが集まった時とか、仕事以外の事では会話に交じらないようにしてるんです。だから、寝たふりをしています」

「なるほど」

「はい。派閥には入らないんで。いいことないんで」

「派閥には入らないんで」と安藤さんに向かって宣言することで、「ここでのわたしは大丈夫だ」と自分に言い聞かせていた。わたしは絶対に派閥に入らない。寂しくても、一人で大丈夫だ。そっちの方が傷つかないし、嫌な思いをしない。誰かの意見に賛成したり、反対したり、そういうことをしなければ人間関係で傷つかずに済む。他人の心の中を読む行為は疲れる。それが優しさなのかもしれないけれど、今のわたしにはそれをする余裕などない。自分の心を守ることで精一杯だ。だから、わたしが生み出す会話といえば、こうして初対面の人に対して「わかってほしい」という想いで膨れ上がった球を一方的に投げ、その球が相手の足元にボトンと音を立てて落ちて行くのを見つめ、孤独を感じるだけのものだった。

落ちてしまった球を拾ってもらえるまでの関係性を築かないと友人や恋人など出来ないとわかってはいる。けれど、一度拾ってもらえた物を物凄い勢いで落とされるのが怖くて、そして何よりわたしは木村多江で覚えていた前のバイト先の木村さんの投げていた球を落とし続けていたんじゃないかということが恐ろしくて、そんなことをした自分は拾い上げてもらう資格などないと思っていた。なのにどこかでまだわかってほしい気持ちを、このとてつもない孤独をわかってほしい気持ちを捨てきれず、初対面の人になら、まだ自分のことを何も知らない人になら、一から始められると思って毎回大きな球を投げてしまう。でも、関係性が出来上がると、途端に何も喋れなくなった。関係性が進むことが、相手を知ることが怖かった。見て見ぬふりをしてしまうのなら、はじめから見なければいい。

アルバイトを始めて数週間経《た》ち、勤務中以外のわたしの口数は日に日に減っていた。ここでの人間関係についても、なるべく知りたくなかった。「坂本さん、今、十分休憩でしょ？　もう二十分くらい休憩しちゃってるから。戻って戻って」と西岡さんが迎えに来た。人と関わり合いたくないくせして、誰かに自分の話をしたいなんて自分はなんて勝手なんだろう、と思った。

西岡さんは安藤さんに「今日ボジョレー解禁の日で、店内バタバタで、もうちょっとしたら店長来ると思うんで、本当にすみません」と待たせていることを愛敬《あいきょう》たっぷりの笑顔で詫《わ》びていた。先ほどまでケータイをいじっていた安藤さんが笑顔で応えていた。西岡さんのように生きれたら、どんなに楽しいだろう。

店内に戻ると、ボジョレー売り場で利根川さんが試飲のワインを飲んでいた。驚きもしなかった。わたしはもう利根川さんの異常さに慣れてしまっていた。何も感じない人間に、なりたくないと思った。

## 神谷はな

安藤くんが初めてスーパーのアルバイトへと向かったあと、わたしは久しぶりの家での一人の時間をゆっくりと湯船に浸かって過ごしていた。お風呂場を出るとケータイが鳴っていたので、小走りで取りに行ったが間に合わなかった。相手は小学校からの友人のゆかだった。肩まで伸びた髪の毛から水滴がぽたぽた垂れて来て、少し寒かったので頭を乾かしてからかけなおそうかとも思ったのだが、なんとなくすぐにかけ直すことにした。

「あ、もしもしはなー？　久しぶり」

ワンコールで繋がった。聴き慣れたゆかの声だった。

「ごめんね、電話取れなくって」

「あーいや、全然、あ、今仕事中？」

「いや、今違う大丈夫。今日久々に仕事休みで昼まで寝ちゃってて、今お風呂入ってた」

「そうなんだ。え、仕事って今も前やってたＯＬ？」

「うん、そうだよー相変わらずＯＬやってますよ」

久しぶりのその声になんだかとても安心していた。ゆかの話し方はいつも穏やかで優しい。

「うちらだいぶ会ってないもんねー、二ヶ月くらい前にさー、みんなでご飯したんだよーはなにもメール行かなかった?」

「あー来てたかも……」

このところ友人からのメールに全く返事が出来ていなかった。安藤くんのことばかり考えて、自分のキャパが安藤くんと仕事で全て埋まってしまっていた。ゆかからのご飯の誘いのメールももちろん気がついていたし読んではいた。でも、「いつでも会えるし、今は安藤くんとの時間をちょっとでも過ごしたい」と思い、それをなんて説明したらいいかもわからず、返事をしなくちゃと思いつつ、あっという間に二ヶ月も時間が経ってしまっていた。

「だよね? みんなはなからメール返ってこないって言ってたよー」

受話器の奥でゆかがケタケタと笑っていた。昔からゆかはよく笑う。その笑い声を聞いて、「あー食事に行けばよかったなー楽しかったんだろうなー」と返事をしなかったことを少しだけ後悔した。

「香苗《かなえ》とか美香《みか》とかしおりとかいてさ、そん時、あと亜希子《あきこ》とか」

「えーそうなんだ、行きたかったー」

「うん……」

先ほどまで笑っていたゆかの声が一瞬途切れた。電波が悪いのかな？　と思ったが自分のスマホの画面には四本電波が立っていた。

「あれ？　もしもーし？」

「あ、もしもーし……」

「あれ？　聞こえてる？」

「あ、うん……」

どうしたんだろう？

「あれ？　で用事なんだったー？」

またゆかの声が途絶えた。この時ようやくわたしはゆかの笑いがいつもと違っていたことに気がついた。

「どした？」

「……亜希子ね、死んじゃったんだって……」

「……え？」

一瞬にして全ての神経が耳に、わたしの右耳に集まったような感覚になった。

「亜希子、昨日の夜、死んだんだって……」

「え、……嘘でしょ……？」

そんな嘘をゆかが言うわけがないのに、「嘘でしょ」以外の言葉が出てこなかった。言葉を選ぶということが出来なくなっていた。理解が追いついていない。

「ほんと……」

「え、……え、なんで？」

「わかんない……」

「え、ちょっと待って、え、ねえ嘘でしょ？」

そんなことをゆかに言ったって、ゆかだって同じ気持ちなことくらい、わたしだってわかっていた。でも、今はそんな言葉しか出てこなかった。何かをゆかに問いかけていないといられなかった。自分の心と口がばらばらだった。

「わたしも何回も確認したんだけど……」

そうだよね……それでわたしに連絡くれているんだよね……わかるよ……わかってるよ……。

「え、信じらんない……」

なのに口から出るのは自分を保つ言葉ばかりだ。

「うん、……そうだよね……二ヶ月前に会った時は、全然元気だったんだけど……」

そうだよね……二ヶ月前のご飯にはいたんだよね……。

「で、なんか亜希子のお母さんからさっき連絡あって、今日行けば亜希子に会えるみたいだから、とりあえず、あんまり大人数で行っても迷惑だからと思ったんだけど、香苗としおりと話して、亜希子もはなに会いたいだろうからって、それで連絡したんだ……」

わたし、何でごはんのメール返さなかったんだっけ……あ、安藤くんだ……。

「あ、そうなんだ、ありがとう」

「うん、なんか行くかすごく悩んだんだけど、おばさんにどんな顔して会ったらいいかとかわかんなくってさ……こんなこと言っちゃいけないんだけどさ……」

ゆかはこんなわたしに最大限の優しさを遣って喋ってくれている。

「あと、正直まだ全然死んだ感じしないからさ、もちろん、会っちゃったらさ……」

「うん……」

なのにわたしは相槌を打つことしか出来ていない。

「ごめんね、なんか暗い電話で……とりあえずうちらは四時に亜希子の家の駅で待ち合わせなんだけど、はな来られるかな?」

「うん、大丈夫」

もっとゆかを抱きしめることの出来る言葉を、どうしてわたしは言えないのだろう。

「よかった。じゃあ、とりあえず四時にね……」

「うん、わざわざありがとう」

ゆかが今言ってほしいのは、お礼なんかじゃないはずなのに。

「全然、なんかはなと喋れてちょっと安心した」

「うん」

相槌じゃない。なんで優しさをもらってばかりなのだ。ゆかの心が今にも壊れてしまいそうなのは声を聞いただけでわかるのに。

「あ、なんか服とかは黒っぽいのなら何でもいいみたい」

「あ、うん」

「わたし、お葬式より前のこういうのって行ったことないからさ、さっき母親に聞いたら、黒っぽければいいんだって」

「わかった、ありがとう」

「うん……じゃあ後でね」

電話が終わってしまう。この電話を切ってしまったら、わたしとゆかの距離がまた少し離れてしまう気がした。なのにわたしは「うん、後で」という一言を出すことしか出来なかった。何よりも今、わたしは安藤くんのことを考えていた。安藤くんに近くにいてほしかった。安藤くんに寄り掛かっていたかった。安藤くん……手を、握って…。安藤くんのことに夢中で、みんなとのごはんに行かなかったのは自分のした選択だ。そこに自分が行っていたからといって、亜希子の命が守られたなんておこがましいことはこれっぽっちも思っていないし、そもそもどうしていなくなってしまったのかさえわからない。ただわたしはこの時、いて当たり前だった友人が、突然死んでしまったことに恐怖を感じていた。何が怖いのかさえわからなかった。でも、これまでは安藤くんに対して全てを注いで、毎日側にいて彼が不安にならないように努めていることで幸せだった心が、置き場をなくしてしまったように地面に落ちてしまい、自分のしてきた選択に自信が持てなくなりそうだった。

必死に自分の手で拾っても、重たくて重たくて持ち上がらず、今すぐ抱きしめて欲しかった。自分じゃ持ち上げられない心を安藤くんに抱きしめてほしかった。どんどん苦しくなる胸を自分の右手で撫でたが、わたしの手には温度がないみたいだった。側にいてほしい。今日だけはずっと手を握って、「大丈夫だよ」と抱きしめていてほしい。今のわたしを安心させられるのなんてたったひとり、安藤くんしかいなかった。

入らぬ力を体に入れながら、髪の毛を乾かして、家にある黒い服に着替えた。安藤くんに手を握られている感覚を必死に思い出した。ぎゅっと、強く握られているのを。でもその手はいつも頼りなくて、わたしの方が強く、彼の手を握っていた。今日は、今日だけは。と神様に祈った。

待ち合わせ場所には見慣れた顔が揃《そろ》っていた。「どうしてごはんに来なかったの?」とみんなから責められている気がした。そんなこときっと誰も思っていないのに。

久しぶりに会った亜希子は置物みたいだった。これはただの置物で本物の亜希子はまだどこかにいるような気がした。そのため涙が出なかった。亜希子のお母さんはわたしたちに「ごめんね、ごめんね、ありがとうね」と言いながらずっとタオルで目を押さえていた。耳の奥で聞いたことのないほど低い音の鐘が鳴っていた。なんの音かもわからないその音が、ずっと耳の奥で鳴り響いていた。すべての音がこの世から消えてしまったようだった。

## 篠崎七海

気がついた時にはわたしの着ているエプロンは赤黒く染まり、スーパーの床に泣き崩れていた。「とにかくこっちに来い」と言われながら小笠原さんに引きずられるように事務所に連れて行かれながら、わたしは何度も何度も「どうしてわたしが怒られるの?」と尋ね続けた。でも、その質問をすればするほど、「どうして? なんで?」という気持ちが強くなり、うまく呼吸が出来なかった。泣き止《や》んで喋りたいのに、そう思えば思うほど、理不尽に耐えられず涙が溢れ、鼻は鼻水で詰まり息が出来ず、荒くなる息を必死に整えながら口から僅《わず》かに吸える空気を吸い込んでいた。

ボジョレー解禁日だったこの日、昼過ぎから夜までのシフトだったわたしはずっと売り場で利根川さんと試飲を配っていた。夕方のピーク時間が過ぎた頃、配っている試飲をボトルごと利根川さんがガブ飲みした。利根川さんからの嫌がらせが日に日にエスカレートしていたこともあり、わたしはその姿を見ていたが止めなかった。これが小笠原さんやバイトリーダーの西岡さんにバレれば、流石《さすが》にこの人はクビになるだろうと思ったからだ。なんならそのまま酔っ払って何かしでかせばいいくらいに冷めた感情でいて、わたしは淡々と業務を続けた。試飲をボトルごと飲むなんてそもそも窃盗だ。クビどころか、犯罪と同じだ、泥棒だ、くらいに思っていた。そしてわたしの願った通りのことが起きた。

利根川さんはベロベロになり、床に寝そべり出した。売り場にいた数人のお客さんがざわつき出した。「ようやくこの人がおかしいとみんなが思ってくれる」とわたしは内心嬉しかった。しかし次の瞬間、利根川さんは飲みかけのボトルに残っているワインの全てをわたしに向かってぶちまけてきた。

一瞬何が起きたかわからなかったが、すぐに自分の全身が真っ赤に染まり、髪の毛から靴までがびしょ濡《ぬ》れになっていることに気がついた。洋服からポタポタと垂れるワインが小笠原さんの買ってくれた真っ白なスニーカーにどんどんと染み込んでいった。

辺りに群がる客たちに、利根川さんは言っていた。

「こいつ、こんな顔して店長と付き合ってんですよー！」

わたしは真っ赤に染まってしまった大切なスニーカーを見つめながら、「耐えろ、これは誰が見ても利根川さんがおかしい。何も言い返すな。『小笠原さん』が気がついてくれるまで耐えろ」と何度も心で唱えた。お客さんたちは誰もわたしに「大丈夫？」とも声をかけてくれなかったが、そんなこともうどうでもよかった。わたしが心配してほしいのはただ一人、わかってほしいのはただ一人。小笠原さんなのだから。びしょ濡れになりながらわたしは、じっと下を向いたまま、動かなかった。

騒ぎに最初に気がついたのは杏ちゃんだった。ボトルを持ったままわけのわからないことを言っている利根川さんを捕まえて「何やってるんですか！」と叫んでいた。

「ういー」

利根川さんは杏ちゃんの頭を何度も叩いていた。

「痛っ！　何⁉　どしたの何があったの⁉」

杏ちゃんから聞かれたので、「ワイン、がぶ飲みしたの。利根川さん」とだけ答えた。杏ちゃんの質問が嫌だったから素っ気なくしたわけじゃない。ここで杏ちゃんの顔を見たら泣き崩れそうだったからだ。杏ちゃんは自分より背の高い利根川さんの両脇に手を入れて、必死に事務所へと引きずって行ってくれた。

その間も利根川さんはわけのわからないことを言いまくり、杏ちゃんの頭を叩いていた。わたしはその場から動かなかった。かけられたワインを拭きもせず、ただただその場で下を向いていた。だって、こんなひどい目にあったことを、小笠原さんに見つけてほしかったから。今すぐここに迎えに来て、抱きしめてほしかったから。抱きしめてほしい相手が来るのを待っている時間は永遠のように感じられた。きっとたった一、二分のことなのに、すごく長く感じた。そしてその永遠に幕を閉じるように聞き慣れた足音が小走りでこちらへと向かってきた。わたしは小笠原さんの顔を見た瞬間に泣き崩れた。辛かった、悲しかった、怖かった、早く助けに来てほしかった。

どの言葉を最初に言っていいかわからないでいると、小笠原さんはわたしの左腕を思いきり摑み、

「何そんな恰好で店内でぼーっとしてんだよ!」

え……。どうして怒っているの……。わたしの涙が途端に別の理由になってしまった。

「だって……だって……」と泣きながら訴えようとしたが、「とにかくこっちに来い」とわたしの腕を物凄い力で引っ張り出した。

欲しかった強さはこれじゃない。強く、もう絶対離さないように抱きしめて

ほしかったのに。こんな雑に、力任せに摑んでほしかったんじゃないのに。事務所までの道のり、わたしの目にはずっと歩く自分の足が見えていた。もう悲しさは抑えられなかった。わかってほしい。

「だって……」

「だってなに？」

「だって……スニーカーが……ぐちゃぐちゃになっちゃった……」

「そんなのまた買えばいいだろ？」

「え……？」

「そんな理由でなんでずっとあんなところに立ってるんだよ。そんなワインまみれになって。おかしいだろ」

「どうして？　なんでわたしが怒られるの？」

答えてくれない。ねえ、だって、買ってもらった大切なスニーカーだから悲しかったんだよ？　どうしてわかってくれないの？　どうして利根川さんじゃなくてわたしに怒るの？　そんなイライラをぶつけるみたいに言うの？　わたしが悪いの？　もう気持ちが何もコントロール出来なくなった。頭の中が「なんで？」で埋め尽くされたわたしは、事務所のドアが開くのと同時に、

「なんでなんでなんで⁉」

大声で泣き出した。中にいた杏ちゃんがすぐにこっちへ走って来た。わたしは杏ちゃんの手を振り払い、小笠原さんに気持ちをぶつけ続けた。

「ねえなんで？」

「ちょっともういい加減にしてよ」

「小笠原さんそんな言い方」

杏ちゃんが言葉を挟んでくれたが、それすら邪魔だった。利根川さんは床に寝そべっていた。それを見ても小笠原さんは何も言わず、わたしに怒り続けた。

「仕事中だぞ？」

「わかってるよ！」

「じゃあなんで店の中であんな喚《わめ》いたりすんだよ？」

「なんで？　なんでわたしだけ怒られんの？」

ますます「なんで？」で埋め尽くされ涙は止まることなく流れ出た。そんなわたしを見て、小笠原さんはため息混じりに「だからとりあえず冷静になってよ」と言った。その面倒くさそうな態度が悲しくてもう息が止まってしまいそうだった。

「冷静になってはこっちのセリフだよ！」

「は？」

どうしてそんな目でわたしを見るの……。

「ねえ、なんでわたしにだけ言うの？　悪いの全部あの人じゃん！！！」

「そうかもしれないけど、」

「じゃあわたしのことかばってよ！　あの人怒ってよ！　クビにしてよ！」

「今俺が言ってんのは、店の中で泣いたりすんなってことを言ってんの」

「店の中でべろべろになるのはいいの？」

ここまで言葉を出すので精一杯だった。「とにかく泣き止んでくれないと話にならない」と、またため息をつく小笠原さんはわたしが好きな彼とは別の人間のように思えた。あまりに泣き崩れるわたしの背中をさすりながら「それはなくないですか？」と杏ちゃんが正論をぶつけてくれていた。

「悪いの利根川じゃないですか。利根川のせいじゃん！」

「誰のせいとかじゃないし、呼び捨てにしない、久須美さんも」

「利根川さんのせいですよね⁉」

杏ちゃんはいつだって強い。しっかり自分の意見が言える。何もかもが正しい。なのに小笠原さんはそんな杏ちゃんの言葉の中にある、感情的になってしまっている部分を指摘し、自分を正当化する。わたしにだって、いつもそうだ……。そんな気持ちを言葉に込めた。

「何でいつもいつも利根川さんには何も言わないの⁉」

「話変えないでよ」

「いつもいつも話変えるのはそっちじゃん‼」

何一つ届かなかった。悲しい。こんなに好きなのに。どうして大切にしてくれないの？　小笠原さん、わたしはいつもいつも真ん中の大きく空いたドーナッに向かって喋っているみたいな気分だよ。どうしてこんなに近くにいるのに、付き合っているのにわたしの言葉を受け止めてくれないの……？　最後の力を振り絞って「なんで」と叫んだ。

「うるさいんだけど」

わたしの叫びに床で寝そべっていた利根川さんが起き上がった。ワイン瓶を片手に持ち、まだ酔っ払っている利根川さんを見つめながら、小笠原さんは何も言わず座っていた。

「ねえ、なんで？　なんかあるの利根川さんと」

わたしが近寄ると、「なんでよ、ないよ」と立ち上がりわたしから離れていった。

「じゃあこんなことする人クビにしなよ」

「それはお前が決めることじゃないでしょ」

「ほら、そうやっていつも利根川さん守るじゃん！　なんでよ！」

「そんなに言うなら本人に聞いたらいいじゃん」

小笠原さんが全てを諦めたような目をしてそう言った。今まで「なんで？」と思うことなんて山ほどあったのに、この時わたしは一番そう思った。全く見たことがない目だったし、その目に全部を見捨てられた気持ちになったからだ。わたしと小笠原さんの過ごしてきた時間が、交わしてきた言葉が、すべてざらとした何かに流されて行ってしまうような気がした。生きてて一番、嫌な予感がして体中が痛い気がした。

「俺となんかあったんじゃないかって思うなら聞けば？　利根川さんいるから」

どうしてそんな言葉をわたしに向かって言うの……？

「あー酔っ払ったから我慢できない」

利根川さんがその場で下着を脱ぎ出した。酔っ払ってここをトイレだと勘違いしていると思った杏ちゃんが「ちょっと！　トイレあっちですよ！」と下着を脱ぎかけた手を摑んで止めていたが、わたしはなんだかそれはトイレじゃない気がした。小笠原さんを見る目がいつもの利根川さんじゃなかったからだ。

利根川さんはそのまま杏ちゃんの手を振り払い、杏ちゃんはその力に負けてその場で倒れた。そして、利根川さんは小笠原さんのデスクの上に座り、股を広げた。「何やってるんですか……」と頭が真っ白になっている様子の杏ちゃんの声が、もっと頭が真っ白なわたしの耳へと入ってきた。

「ほら、触ってよ。この子の前でも」

利根川さんが言った。杏ちゃんは目を伏せて固まっていた。わたしは利根川さんから目を逸《そ》らせずにいた。一番見たくないはずなのに、逸らせなかった。

「小笠原、あんたのせいなんだからね？　あんたが、こんな体にしたんだからね？　わたしもう黙ってるの無理だから。わたしとの関係すら終わりに出来ないまま、そんな若い子と付き合って。ほら、今、我慢出来ないからなんとかしてよ、触ってよ」

利根川さんは淡々とそう喋り続けた。目の一番奥から熱いものが流れ出た。感じたことがないほどの熱い涙が目からだらだらとこぼれ落ち、目の前が霞《かす》んでほぼ見えなくなっていたのに、小笠原さんが着ているワイシャツの腕を捲《まく》ったのがはっきりとわかった。「え……なにするの……？」と心の中で叫んだ。

そして、叫ぶ杏ちゃんの声と小笠原さんの声が交互に耳に入ってきた。

「え、ちょっと何やってるんですか……？」

「篠崎さん、僕は篠崎さんのことだけが好き、ねえ聞いて、怖がらないで聞いて。どのみちいつかは言わなくちゃいけなかったんだ」

「ねえ、頭おかしいんじゃないの⁉」

「久須美さんうるさい、君には関係ない話だから」

「気持ち悪い気持ち悪い!!!」

小笠原さんの声は聞いたことがないほどに震えていた。大人の男の人の涙を初めて見た。

「ねえ、篠崎さん、僕は本当に篠崎さんのことが好き、けど、君の前に付き合っていた女の人がすごくめんどくさい人みたいで。僕とセックスしてからほかの人じゃイケなくなっちゃったっていうんだ。もちろん、別れてからはセックスはしてない、でも……」

そう言って泣きながら手を動かしている小笠原さんの背中は見たことがないくらいまるまっていて、小さかった。何一つ理解できないことばかりで、心が引き裂かれそうになった。でも、同時に小笠原さんの心もバリバリと音を立てているような気がした。彼の口から出る全ての言葉が「助けて」と言っているように聞こえた。それでもわたしの足は一歩も動かなかった。だって、大好きな人がわたしの目の前で、別の女の人を触っているんだもん。二十歳のわたしには受け止めきれず、助けられるはずもなかった。

利根川さんのいやらしい声がわたしの耳を壊してしまいそうだった。

「篠崎さん、聞いて……」と訴え続ける小笠原さんの声がどんどんと聞こえなくなって、利根川さんの声だけがわたしの耳を支配していった。悲しみと孤独でもうわたしは壊れてしまいそうだった。

「もういいよ！　なんでみんなそうやって汚いことばっかりやって、全員馬鹿だよ！　みんなセックスしまくって死ねばいいんだよ！」

杏ちゃんが叫んだ声だけが聞こえた。あんなに大切で、履くだけで心が軽くなっていたはずのスニーカーがとんでもなく重たく感じた。

## 久須美杏

わたしが叫んだ直後、利根川さんが言った。

「じゃあ久須美助けてよ」

何を言っているんだろうこの人は……。

目の前で起きていることの全てが気持ち悪くて、響く声も、音も、全部聞きたくなかった。今にも吐いてしまいそうで、今すぐ逃げ出したいこの空間にわたしがいる理由はただ一つ。七海ちゃんが誰よりもそこで悲しんで、傷ついていたからだ。七海ちゃんをこの地獄からなんとかして救わなきゃという思いでわたしは必死だった。

「久須美がわたしのことイカせてみせてよ、別にあたし誰でもいいから」

利根川さんがそう言った瞬間、わたしはぐっしょりと湿った小笠原さんの手に腕を摑まれた。嘘でしょ……。もう気持ちが悪くて耐えられなかった。摑まれた右腕に全神経が集中してしまい、そこら中に蕁麻疹《じんましん》が出そうだった。それより七海ちゃんを、七海ちゃんを助けなきゃ……なのに怖くて、気持ちが悪くて、「やだ！　やだやだ‼」とその手を振り払い、叫んでしまった。叫びたいのは七海ちゃんなはずなのに。

「わたしのことイカせられないくせに口はさむんじゃないよ‼」

しゃがみ込むわたしに利根川さんが言い放ってきた。わたしは恐怖で震えながら、その場にあったコピー用紙で手にべっとりとついたものを必死に拭き取った。拭き取っている最中、なぜか泣いている小笠原さんと地獄の底にいる七海ちゃんの声が聞こえてきた。早く、七海ちゃんを連れて逃げなくちゃ……。

「ね？」

「え……？」

「だから、僕の代わりに彼女をイカせられる人が現れるまでこうして僕はもう好きじゃない女の人に触り続けなくちゃいけない。地獄だよ。地獄」

その地獄を作ったのはあなたじゃないの……？

「ひどい……」

「ひどい？　それは何にたいして？　僕が君以外の女の人に触っていることに対してでしょ？」

七海ちゃんの目の中が真っ黒い絶望で埋め尽くされたのがわかった。

わたしも小笠原さんの言葉全てに嫌悪感が募り、頭がおかしくなりそうだった。

「女の子はさ、自分以外の女の人に触ったりしてたらみんな嫌がるけど、こっちは嫌々触ってるんだよ？　わかる？　この辛さ。君にこの僕の複雑さが受け入れきれる？」

「わかんない……なんにもわかんない……わかんない……」

「ほら、そうでしょ？　だから隠してたんだよ。君はこの僕の複雑さを受け入れてくれるほど僕の事が好きじゃないだろうから」

七海ちゃんはもう何も言葉を出していないのに、彼女の心が壊れる巨大な音がした。どうしてこんなことが出来るの？　何でこんなひどいことが出来るの？　ここに大人は一人もいないの？　利根川さんの一番聞きたくない声が部屋中に響き渡った瞬間、わたしは怖くてドアの外に走って逃げてしまった。でも、部屋を出た瞬間、中には七海ちゃんがいるんだと立ち止まった。そして目の前には坂本さんが立っていた。何で？　何でなにもせずそんなところにいられるの？　そして部屋の中から、泣きじゃくる小笠原さんの声がした。

「ねえ、こんな僕の複雑さ、どうしたらいいんだろう……」

最低の人間だ。「わかんないわかんないわかんない」と小さく叫びながら七海ちゃんが走って部屋の外へ出てきた。わたしは必死にその七海ちゃんを追いかけようとした瞬間、部屋からゆっくり歩いてきた利根川さんに腕を掴まれた。

「あんたは友達を守るってことで心を満たしてる人間でしょ？　あたしは好きな男に触られることで同じ部分を満たしてるんだよ。あんたにわたしを軽蔑する資格、ないからね」

本当にこいつらは頭がおかしいんだと思った。こんな頭のおかしい連中に傷つけられた七海ちゃんがとにかくかわいそうでならなかった。ありえない。なんで彼女がそんな目にあわなくてはいけないのだ。全部あいつの、小笠原のせいだ。誰も大人なんかじゃない。坂本さんも、今日からバイトで入ったというあの新人の安藤という男性もだ。ずっと座っているだけで、ずっと見て見ぬふりをしていた。

わたしは走って七海ちゃんを追いかけたが、すでにスーパーを出てどこかへ走って行ってしまっていた。スーパーの店内には、七海ちゃんのスニーカーが脱ぎ捨てられていた。わたしはそのスニーカーを拾い、急いでロッカーに自分のスマートフォンを取りに戻った。事務所の扉の前で、また吐き気がしたが、自分のことより七海ちゃんに連絡をしなくてはと思い、唾を飲み込み扉を開けようとした瞬間、中から扉が開き、安藤という男と西岡さんが出てきた。

「安藤くん大丈夫？」

西岡さんが男の背中を触っていた。それすらも気持ちが悪かった。男は無言で去って行き、わたしはその場にいるすべての人の視線を無視して、いつもよりも強く地面を踏みしめながらロッカーに向かった。利根川さんと西岡さんの話し声なんて聞きたくもなかった。聞きたくない言葉ほど、耳によく入ってくる。


「何が『送ろうか？』よ」

「え？」

「そうやってすぐ誰にでもいい顔すんだから、あんたは」

「わたし、利根川さんと違って嫌われたくないんで」

「わたしは嫌われても自分が生きやすい環境にしたいだけ」

「わたしは、みんなに好かれてたいんで」

「これだから八方美人は」

「手とかいろいろ洗ってから売り場きてくださいね、食品扱ってるんで」

わたしが走って事務所を出ようとすると、同じタイミングで西岡さんがドアへと向かって来たので、もっと速く走った。

手にスマートフォンと七海ちゃんの汚れたスニーカーを抱えたままスーパーの裏口から外へ出て、ひたすらLINEの電話をかけた。繋がらない……。なんで？　どうしてわたしからの電話にも出てくれないの？　心配だよ。今すぐにでも手を握りに行きたいのに、居場所を教えてくれたらどこへだって行くのに。

「どこにいる？　大丈夫？　大丈夫じゃないのはわかってんだけど、心配です。何時にどこへでも行くので連絡ください」

LINEを送り、わたしはスマートフォンの着信音をオンにしてポッケに入れて、アルバイトへと戻った。わたしだって今すぐここから逃げ出したかった。でも、帰ったら負けな気がした。ここにいる大人もどき達から「サボった」と言われるような非を一ミリだって作りたくなかった。

夜の休憩時間に裏口の横にある掃除用の蛇口についたホースを外し、汚れた七海ちゃんの靴を必死に洗ったがワインの色は全く落ちなかった。未《いま》だにLI

NEは既読にもならない。店内は何事もなかったかのように掃除されて、べろべろに酔っ払った利根川さんが帰った代わりに、坂本さんがボジョレーの試飲を配っていた。

　愛想があまりない坂本さんの配る試飲は受け取る人が少なく、本数も昼間に比べて売れなくなっていた。わたしはそんな坂本さんを横目で見ながら、心を無にしてレジを打っていた。お客さんが途切れるたびにポッケの中を確認したが、連絡は一切来ていなかった。

　二十三時になり、店が閉店時間を迎えて、わたしはレジ締めをし、事務所に戻り、そこにいた小笠原さんと西岡さんと坂本さんへの当て付けのように再度電話をかけた。でも、わたしの行動などまるで見えていないかのように、

「あ、ボジョレー一本もらって帰ってもいいんだよ?」

「いえ、大丈夫です」

「え、もしかして坂本さん飲めないの?」

西岡さんはいつもと何も変わらぬ笑顔で喋っていた。「ねえ、坂本さん飲め

ないんだってー」とわたしに話をふってきたので、わたしは「ああそうなんですか」とまるで温度のない返事をした。どうしてわたしに今、この人は普通に話しかけられるのだろう。何故、あんなことが起きたのに、全てをなかったことに出来るのだろう？　「反応薄いー」と笑っている西岡さんが悪魔のように見えた。

「西岡さんって何でそんないつも同じなんですか？」

「え？」

「今日とか、誰もがもう利根川さんと会いたくない感じになってますよね、絶対」

「まあ、人の事情は、人の事情だから」

人の事情って何……？　利根川さんの事情って何……？　誰もがこの職場を辞めたくなるような事件がさっきここで起きたんじゃないの？　そしてどうして誰も、七海ちゃんを心配しないの？　わたしは誰も七海ちゃんのことを心配していないことが怖くなり、再度当て付けのように電話をかけた。

「篠崎ちゃん、連絡つかない？」

西岡さんがこちらを見て聞いてきたので、「いや、つかないでしょ、あんなことあったら」と答えたら、

「そっかー、辞めちゃうかなー？　人減っちゃうねーこれからクリスマスとかあって忙しい時期なのにー」

え……？　今心配するべきは七海ちゃんの心じゃないの？

バイトが減るとかそんなこと死ぬほどどうでもよくない？　それに辞めるに決まってる、あんなことがあったら。生きていかれないほどのトラウマを彼女が今日背負わされたことを何でこんなにも大人達は無視出来るのだろう。

「普通七海ちゃんの心配しませんか……？」

「え？　してるよー」

西岡さんの言葉は、指を切ったことにも気がつかない紙くらい薄っぺらかった。同じ日本語を使っている人間とは思えないくらい、言っている内容がしばらくわたしにはわからないほど、言葉ではない物を喋っている悪魔に見えた。

「篠崎ちゃんの気持ちもわかるし、でも利根川さんの気持ちもわかるからさ」

「利根川さんの気持ちって何……？」

「一回気持ちいい思いしたら、その人としかできなくなるのとかはわかるじゃん」

肩を触られた。今すぐにお風呂に入りたくなった。こいつらはなんだ？　全員性欲だけで生きているのか？　気持ちが悪いにもほどがある。

「でも、久須美ちゃんの気持ちもわかるよ」

え……？

「篠崎ちゃんの親友だもんね」

何でそういうことが言えるの？「わかる」ってそんな簡単に言える言葉じゃないはずなのに。わたしはみんなの気持ちが一ミリもわからないのに。こんな人にわたしの気持ちなどわかってほしくないのに。わからないでよ、勝手に。今言った言葉を全て、消してよ。「どしたー？」とにこにこしながら西岡さんはわたしの肩を再度触ってきたので、このまま黙っていたら心がなくなってし

まうと思い、

「ちょっと理解できないです」

その場にいる人全員に聞こえる声でわたしは言った。傷ついたのは俺だと言わんばかりに椅子に座りひたすら売り上げを数えている小笠原さんにも、何も言わずその場を立ち去ろうとする坂本さんにも聞こえる声で。これは全員の問題だと伝わるように言った。

「ここの人全員なんなんですか？　利根川さんと小笠原さんは論外だし、西岡さんは八方美人だし、坂本さん常に黙ってて何考えてるかわかんないし」

小笠原さんは何も聞こえないふりをしたままだったが、わたしにはわかった、坂本さんの足が止まったことが。わたしは足を止めた坂本さんに駆け寄り、彼女にすがるように言葉を投げた。

「ねえ、普通の人ならわかりますよね？　おかしいですよね、みんな」

でも、坂本さんはずっと下を向いて黙っているままだった。ねえ、お願い、何か言って？　坂本さんはどう思ってるの？　どうしてわたしの味方がここにはいないの？　久須美さんが正しい、と言ってほしいという願いを込めて「なんも言ってくれないんですね」と坂本さんに言うと、「ごめんね、坂本さん、久須美さん若いから」と西岡さんが割って入ってきたので、わたしは叫んだ。

「大人になることがあなたたちみたいになることなら、わたしは一生子供のままでいいです。絶対わたし間違ってないと思うんで」

するとと坂本さんが小さく言ったのが聞こえた。

「みんながみんな、久須美さんみたいに強くないんですよ……」

え……？

「黙ってれば、自分の意見を持たなければ、嫌な思いもしませんから」

坂本さんは小さな声でそう言って、一回もわたしの目を見ることなく、その場から去って行った。そんなの間違ってる……。わたしだって弱い。弱いからこそ訴えているのに……。弱いからこんな世界で生きていくのがしんどいから、誰かと助け合って支え合わないと壊れてしまうから助けを求めているのに。なのに「久須美さんみたいに強くないから」という理由でその場から去られてしまったことが、とにかく悲しかった。

わたしが間違っているなんてどう考えても思えない。その場で何の言葉も出せず、立ち竦《すく》むわたしに「久須美ちゃんも早く帰りなね〜」と西岡さんが声をかけてきた。あなたが持っている言葉と、わたしが持っている言葉がもしも同じならば、わたしは言葉なんて捨ててしまいたいと思った。

気がつくとわたしは事務所に七海ちゃんを傷つけた小笠原さんと二人きりになっていた。許せないという気持ちで頭がおかしくなりそうだった。

「七海ちゃんを傷つけたこと、絶対許しませんから」

わたしは今自分の中にある冷静さをかき集め、そう言い残し、家へと帰った。

帰宅すると七海ちゃんに送ったＬＩＮＥは既読になっていた。そこから一晩中連絡を待ったが、彼女から連絡が来ることはなかった。

それでもわたしは連絡をやめてはいけないと思い、毎日連絡を続けた。

わたしは彼女がどこに住んでいるのかすら知らなかった。

## 神谷はな

亜希子の家からの帰り道、わたしは足にうまく力が入らなくて、タクシーに乗って家まで帰ることにした。「わたしタクシーで帰るね」となんだか友人らに言いづらく、一緒に駅まで歩き、一駅だけ電車に乗り、「わたしここで乗り換えだから」と言って降りたこともない駅で降り、タクシーに乗った。なんだろう、タクシーに乗るのなんて別に普通のことなのに、「え、タクシー乗るような生活してるんだ」と思われることが、この日のわたしは怖くて、どうしたらいいのかわからず、「みんなと同じ」と思われたくて、言い出せなかった。

タクシーに座ってすぐに目の前の広告画面が邪魔でオフにした。乗っている三十分ほどの時間のわたしの頭の中はとても冷静で、安藤くんは無事にアルバイトを終えただろうか、ということばかり考えていた。と、同時に「お願いだから、調子よくバイトから帰宅してて」と心の底から願っていた。家に帰ったら安藤くんに抱きしめてもらおう。何か言葉が欲しいわけじゃない。ただ、ぎゅっと、離れないようにわたしより大きな体の安藤くんに抱きしめてほしかった。力強く抱きしめられていないと、心と体が離れ離れになってしまいそうで、誰かに寄り掛かっていたかった。誰か、は安藤くんしかいなかった。安藤くんでなければ、意味がなかった。

タクシーの料金をクレジットカードで支払いながら「あ、帰ったら一応お塩振ってもらった方がいいのかな……」と考えた。なんでお別れした後にお塩を振るんだろう。なんでかなんてわかっているが、もっとお別れするようで、とても冷たい行動のように思えてしまった。

玄関を開けると、安藤くんの気配だけがあった。この日のわたしは全身の神経がすごく敏感になっていて、声やにおいだけでないものを感じ取ることが出来た。

「遅かったね、どこ行ってたの?」

安藤くんは今日わたしに何があったのか知らない。だからいつも通りだ。それはとっても普通のことで、たった一言の「ただいま」の音色《ねいろ》でわたしの今日を察してほしいなんてわたし側の勝手だ。ちゃんと説明してわかってもらわなきゃ。

「今日、最悪だったよ、今度は長く働けそうだったのにさ、はな聞いてよ」

ソファに丸まったままで、こちらを一回も見ることなく安藤くんはそう言った。安藤くん、こっち見て……わたしの服、いつもと違くない? この人にどうやって今日あったことを伝えたらいいのだろう。わたし、元気がないってどうやって伝えたらいいのだろう。「わたしとっても大変だったんだよ」なんて言いたくない。わたしの暗い話を聞けば、きっと安藤くんはもっと暗くなってしまう。傷つけないように、彼の辛さを増やさぬように、でも今日だけは「大丈夫だよ」とたった一言言って側にいてほしい。こちらから何か言うんじゃなくって、安藤くんから気がついてほしかった。いつからかわたしは聞かれないと安藤くんに自分の話が出来なくなっていた。わたしの様子に気がついて……。今日だけはわたしが安藤くんの話を聞くんじゃなくって、安藤くんがわたしの話を聞いて……。

「なんか、今日また辛いことがあって……働かなくちゃいけないんだけど……なんか何してても暗い気持ちにしかならない……」

待って待って安藤くん……それわたし今聞く心の余裕がない……どうしよう……いつもなら「無理しなくていいよ？」と優しく声をかけて手を握って背中をさすってあげることが出来るのに今日のわたしは全くそれが出来ない……だってそれは今日わたしが安藤くんにしてもらいたいことなのだから。

「何で気がついてくれないの？」と心が溢れそうだったが、我慢した。だって、察してほしいなんてこちらの勝手だ。わたしは何も安藤くんに話をしていない。

話せばわかってくれるかもしれないことを「きっと彼には背負いきれない」と勝手に決めて一人で悲しくなっているだけだ。

わたしはいつだってそうだ。気がついてほしい、というアピールだけして人に自分のことを話さない。話してもわかってもらえなかったらと想像すると、それが好きな大切な相手であればあるほど怖くて話せなくなってしまうのだ。なのにわかってほしいという気持ちは人一倍持っている。ちゃんと話さなくちゃ。三ヶ月毎日一緒にいるのにこんな変化にも気がついてくれないの？　と思って悲しくなってないで、自分から話さなくちゃ。今日あったことを安藤くんに。彼とわたしは今日別々の時間を過ごしていたのだから。わたしの今日を彼に話してわかってもらわなきゃ。

「安藤くん……ごめん……今日はわたしも安藤くんの話聞けないかも……」

「え？」

「友達が……死んじゃった……」

安藤くんが初めてこちらをきちんと見てくれた。目が合った。彼の顔を見て、少しほっとした。でも、すぐにまた下を向いてしまった安藤くんの独特な鈍臭い動きは「そんなこと言われても困る」と言っているみたいだった。わたしの服が真っ黒なことにもこの時初めて気がついたようだった。

「え……あ、え……友達ってはなの……？」

「そう……ごめん、お塩振って」

「え？」

「お葬式じゃないけど一応……お塩」

「あ、うん」

安藤くんはゆっくりとした動きでキッチンに塩を取りに行き、赤いキャップの食卓塩を持ってとぼとぼと頼りない様子でわたしの方へ歩いてきた。「大丈夫？」って聞いてほしかった。でも安藤くんはわたしの前で立ち止まったまま動かない。

「どうしたの？」と聞くと、

「ど、どうやって振ればいいの？」

赤いキャップを親指と人差し指でなぞりながら、わたしでなくその赤いキャップだけを見つめてそう言った。

何で「どうしたの？」なんて聞いちゃったんだろう。余裕あるって思われちゃうじゃん……。わたしが聞かれたいのに。

「……もういいや……大丈夫ありがとう」

安藤くんの持っている食卓塩を受け取って、わたしは力の入っていない笑顔を作り、部屋へと入って行った。キッチンに塩を戻しにいくと、昼にわたしが紅茶を飲んでいたマグカップと安藤くんが何か食べた食器がシンクにあった。

そうだよね、わたしが今日洗い物する気力がなかったことなんて気がつかないよね。わたしが洗い物をここに置いて出かけることがこの三ヶ月で初めてのことなんて、安藤くんは気がつかないよね。安藤くんの食べた食器もいつも通り洗うわたしが帰ってくるって思ってたよね。こんな些細《ささい》なことで今まで堪えていた涙が溢れてきた。

そんなわたしの様子に安藤くんは、

「あ、大変だね……」

涙と言葉がぼろぼろと音を立てて、自分の体から出てきた。

「わたし……ずっとメールとかもらってたのに……安藤くんの事で頭いっぱいだったから……すごい仲良かったのに……最近全然会ったりしてなくって……」

「あ、そうなんだ……」

「だって……いつでも会えると思ってたから……」

「あ……うん……」

「今、会いに行ってきたんだけど……顔見ても全然死んだ感じしなかった……なんか……顔も色変わっちゃってて、置物みたいで……あれはただの置物で……本当はまだどこかにいるような気がして……本人前にしたら何も喋れなくって……」

安藤くんは黙ったままだ。ねえ……何か言ってよ……こっちに来て、わたしに触ってよ……思ってるだけじゃダメだ……伝わらない。

「ねえ…今日くらい……何か言ってよ」

「え……」

「わたし……今日くらい支えてよ」

「あ……」

安藤くんは玄関とキッチンの間に立ったまま、頭を掻《か》いている。

「ねえ、こっち来てよ……」

「あ、うん……」

どうしてこっちに来てくれないの？　ただ、側にいてほしいんだよ？　わたしは。どうしてそんなこともわかってくれないの？

「ねえ、……ねえ……こっち来てよ……手触っててよ……抱きしめてよ……悲しい気持ち助けてよ……なんか楽しい話してよ……」

「うん……あの、なんて言っていいのか……えっと……」

安藤くん…安藤くん……お願い……これ以上伝え続けたらわたし、……優しい口調で喋れなくなっちゃう……悲しいわかってほしいが勝っちゃう……だからお願い……側に来てよ……黙らないで。

「安藤くん……安藤くん……！」

「うん……あ、ごめん……はなは、いつも俺が暗いとき支えてくれるし、何かしたいんだけど、俺、人に何かしたりするの苦手で、だから今もなんて言ったらいいのかわからなくって……人が悲しいのとか見るの苦手で……多分僕と一緒にいたら余計にはな暗い気持ちになっちゃうから……ちょっと外で考えてくる……」

違う、待って……わたしは思いっきり安藤くんの手を掴みに行った。

「待って、なんにも言わなくっていいから……近くにいてほしいの……」

「うん……」

わたしはこの日初めて安藤くんの腕に触れて、自分から触っただけのそんな僅かな安藤くんの体温にすら救われる思いだった。その体温に触れているだけで、わたしは泣き崩れた。今、彼がここで抱きしめてくれたらどれだけの不安が消えるだろう。でも安藤くんは、わたしに左腕を握られたまま、その場に立

ちすくんでいた。そして何か言わなくちゃと絞り出すように、

「僕も……昔飼ってたインコが死んじゃった時悲しかったよ……」

わたしの背中をさするでもなく言ってきた。わかってる、これが彼に今出来る精一杯の優しさだということも。安藤くん、いいんだよ、大袈裟な言葉で。君は大袈裟な言葉を人にかけて、「あの時こう言ったじゃん」と責められるのが怖いから、自分に出来るキャパ以下の言葉しかいつだって言わないね。でも、わたしは「あの時こう言ったじゃん」なんて言わないよ。「大好きだよ」とか「こっちおいで」とかそんな簡単なことでいいんだよ、簡単な言葉って嬉しいんだよ？　今のわたしにはそんな誰にでも簡単に言えてしまうような言葉が必要なんだよ。思ってなくってもいいの、安藤くんがそう言って抱きしめていてくれたら、それだけでいいの。思ってないってわたしにバレないように、嘘でもいいから「大丈夫だよ」って胸を貸してくれたらそれでいいの。好きな人からの言葉ってそのくらい、力があるんだよ……。

「ごめん、やっぱりちょっと外行ってきてもいい？」

どうしてよ…今わたしを一人にするの心配じゃないの……？

「ごめん……暗い気分になっちゃって。はなの話聞いてあげたいんだけど、僕まで暗い気持ちになっちゃいそうで……ごめん……俺弱いんだ……」

「俺弱いんだ」って言われちゃったら何も言えないじゃん……。

「わたしはあなたといるかぎり、常に強くいなくちゃいけないの……？」

「え？」

「わたしは安藤くんのことが大好き。だからなるべく毎日安藤くんが楽しいように、辛くないように助けられることはなんでもしてあげたい……。けど、わたしだって、一年三百六十五日、毎日強くはいられないよ。でも……安藤くんといるかぎり、これから一生わたしは強く生きなきゃいけないの？　辛いとき、悲しいとき、誰の前で弱いとこ見せたらいいの？　ねえ……」

言葉が止まらなくなってしまっていた。

「僕だって自分が弱いことくらいわかってる！　けど、そんないきなり言われても直せない」

直してなんてわたし言ってない……。

「直してなんて言ってないじゃん……ただ、今日くらいはわたしに大丈夫って言ってよ……側にいてよ！」

「怒らないで……」

怒ってるんじゃないの……怒ってないの一回も。

「怒ってるんじゃない、お願いしてるだけ」

「まだ付き合って日も浅いし……そこまで重たいことまで背負いきれない……」

頭の一番上が冷たくなった。

「ごめん……」と言って安藤くんはまた自分の頭を触っていた。その手を自分じゃなくてわたしに伸ばしてくれさえすれば、わたしはこのあとの言葉を飲み込めたのに。

「わたしは今まで散々支えてきたじゃん……」

言っちゃダメってわかっていたのに……。

「僕には君の方がわからない、なんで出会って間もない人にそこまで出来るの？　そんな優しさ信じられない」

「好きじゃなきゃここまでしないよ……」

どうしてわたしの気持ちをちょっとも理解しようとしてくれないの？　わたしに出来る全部を、あなたにあげているのに。全部返してほしいんじゃないのに。たった一日今日だけなのに…。

「けど、君だってそう言っておきながら僕に強くなれって言うじゃないか」

「そんなこと言ったの今日が初めてでしょ？」

「そうやって、君も僕の弱さが嫌になっていなくなるんだ、結局俺は誰ともうまくいかないんだ！」

ダメだ……。わたしがどんなに彼を大切に思っても、愛しても、彼にとっては今までのいなくなってしまった女の子たちと同じ「女」という生き物にしか過ぎないのだ。そう思ったら悲しくて悲しくて、息がつまりそうだった。胸が痛いとは、今この瞬間のことだ。どんなに過去の人と比べられても、わたしが彼を大切にすれば、時間をかけてそれを伝えていけば、わたしだけは裏切らないとわかってもらえると思って、そのためならどれだけ時間がかかってもいいと思っていた気持ちが全て打ち砕かれてしまった。想いを、言葉を、優しさで包むことが出来なくなってしまった。

「じゃあ、もうそうやって一生一人で卑屈《ひくつ》でいたらいいじゃん」

わたし……そんなこと言わないで…。

「みんな最後はそうやって言うんだ、優しい言葉は全部嘘なんだ……これだから誰かを信じるのは嫌だったんだ！」

「じゃあさ！　わたしの気持ちがあんたにわかる？」

あんたなんて言いたいわけじゃない……でも痛い……心が痛くて強い言葉を言っていないと壊れてしまう。

「何が？」

「わたしはこんなにあんたのことだけ考えてんのに、なのに、」

「もうその言い方が恩着せがましいんだよ！」

「最後まで聞きなよ！」

「あーもうやだやだやだやだ‼」

　こんな一気に言うくらいなら、我慢ばかりしなきゃよかった……自分のせいだ……。

「なんかあるたび、毎回毎回前の彼女の話されて、比べられて、それでも強く、笑ってなきゃいけないわたしの気持ち考えたことある⁉」

「別に笑っててなんて頼んでない！」

　そうだね、わたしが勝手にやっていたよね……でもそれは安藤くん、あなたのことが大好きだからなんだよ……。

「けどそのたびわたしが嫌がったり、悲しんだりしてたらどうよ⁉　あんたも一緒になって暗くなるんでしょどーせ！」

「何でそんな言い方するんだよ⁉」

　だってわかってくれないから……。

「だってそうでしょ⁉　二人で暗くなってたって意味ないから明るくしてたわ

たしの気持ちちょっとは考えてよ！」

本当にちょっとでいいの、ちょっとでいいからわたしの気持ちを考えてほしかったの……。

「僕は君より暗くなりやすいんだから、しょうがないだろ」

違うよ……。

「そんなのみんな同じだから！　あたしだってあんたと同じ、」

「そのあんたって言うのやめろよ！」

「安藤くんと同じ人間なんだよ!?　安藤くんは、自分だけ世の中で特別だと思ってるのかもしれないけど、みんな大差ないから！　みんな生きるのしんどいんだよ！　安藤くんだけが特別生きにくいわけじゃないから！」

「君に僕の何がわかるんだよ！」

「わかんないわよ！　安藤くんだってわたしの気持ちわかんないでしょ!?」

「もういいよ、ぎゃーぎゃーうるさい」

そうだね……本当にうるさいよね……もう黙ればいいのにわたし……。

「でもわたしはあなたの気持ちをわかろうと毎日努力してきた、それなのにこんな言い方されるならもういいよ……でもね、そんな弱くちゃ生きていけないよ？　働くのだってそう、一つや二つ嫌なことがあったからって辞めてたら何も出来ないんだから」

喧嘩がしたかったんじゃない……不満があるわけじゃない……ただ、今日は抱きしめてほしかったんだよ……他の誰かじゃダメなんだよ、安藤くんじゃなきゃ今のわたしの不安は消せないんだよ。嘘でもいいから、自分の弱さを今日だけはしまって、わたしの不安を抱きしめてほしかったんだよ。

「もう出てって」

「言われなくても出ていくよ……」

もう、言葉を交わすことすらやめたくなっていた。伝わらなさとわかり合えなさに囲まれて、今までの自分の言葉や生き方が何も肯定できなくなってしまった。わたしってなんだろう。孤独の海に放り出されてしまった。

わたしはなるべく涙の音が溢《こぼ》れぬように荷物をまとめた。鼻水で鼻が詰まって、口でしか息が出来なくなっていた。悲しい、離れたくない。でも、離れないでここにいる方がもっと悲しくなる。世界で一番居心地のいい場所が、世界で一番居心地の悪い場所になってしまった。安藤くんの方を見ると、ソファで丸まっていた。安藤くんも泣いている。何が悲しいのか、理解できなかった。でも、その背中を見て心配になり、

「どうせお給料入るまでお金ないんでしょ。これ、置いていくから。ちゃんとごはん食べるんだよ」

わたしはお財布に入っていた五千円札をソファの前のローテーブルに置いた。このお金を見てわたしを思い出してほしい、と思っていた。でもそんな自分の行動や気持ちがますますわたしを孤独にした。

「あ、ちょっと待って」

この日初めて安藤くんがわたしの腕を摑んだ。いつもなら触れられた部分からじんわりと温かさが伝わり、わたしの心まで包んでくれるのに、伝わってくるのは悲しさだけだった。安藤くん、君も悲しいんだね。でもね、わたしはも

っと、悲しいんだよ。

「ごめん、今日、安藤くんのそのめんどくさい感じに付き合えるような元気ないんだ」

「ごめん……ごめん……全部俺が悪かったから……ごめんなさいごめんなさい……お願いだから……いなくならないで……一人にしないで……」

ならわたしを一人にしないでよ。今、一緒にいるけど、わたしは一人ぼっちだよ。

「じゃあわたしのこの気持ち、どうにか出来るようなことしてみてよ」

「え……？」

「大好きな人に散々言われて、友達は死んじゃって……誰にも慰めてもらえないわたしに、こんなわたしに大丈夫って言えるくらい強くなってよ…」

安藤くんはわたしの腕にすがりついたまま、ただただ泣いていた。安藤くん、わたしがそうやって泣きたかったんだよ。震える安藤くんからは「ごめんなさい……ごめんなさい……」という言葉だけが溢れ落ちてきた。

「ごめんね、安藤くん、わたしが今言ってほしいのは、ごめんなさいなんかじゃないんだ……」

そっと安藤くんの手を自分から離し、わたしは外へ出て、玄関の鍵を閉めた。玄関で泣き崩れる安藤くんの声がドア越しでも聞こえた気がした。実家に帰ろうかと思ったが、家族を見たら余計に孤独になると思い、新宿のビジネスホテルに泊まることにした。泣いている間に眠りについていた。どうやって、この気持ちを治していけばいいのだろう。強さなんてこの時のわたしにはこれっぽっちも残っていなかった。友人たちから「あんなやつと一緒にいて亜希子とのご飯来なかったの?」と夢の中でも言われているような気がした。しばらく、人に会いたくなかった。ホテルのシーツは温もりがなくて、冷たい水の中に全身が浸かっているようだった。

どうしたらいいか、誰かに決めてほしかった。

## 久須美杏

　あれから一週間が経ったが七海ちゃんはバイトに来ることもなければ、LINEが来ることもなかった。わたしは毎日「大丈夫？」「ご飯食べれてる？」と連絡をし続けた。既読にはなるが返事はない。「既読にはなるのだから、大丈夫だ」と自分に言い聞かせながら、それでも何か連絡をしていないと不安で、連絡をし続けた。でも一週間が経った頃、これはわたしが安心するために連絡をしているだけで、返事をくれないなんて連絡向こうからしたら迷惑なんじゃないかと思った。自己満足の連絡を繰り返してしまっている自分が嫌になった。でも、LINEをする以外彼女を心配する手段がわからなかったし、それをやめてしまったらわたしまでおかしくなってしまうんじゃないか、と思った。

七海ちゃんのいないバイトはちっとも楽しくなかった。わたし以外は全員何事もなかったかのように働いていた。唯一変わったことと言えば、金子さんが最近、遠山さんに無視をされているような気がした。自分がこのバイトを続けていることが正しいのか、意地なのかもうわからなくなっていた。でも、自分がやめてしまったら二度と七海ちゃんがここに、小笠原さんのところに戻ってこられない気がした。彼女はわたしより、小笠原さんのことが好きなのだから。

## 坂本順子

あの日以来、久須美さんは多分わたしのことを卑怯なやつだと思っているだろう。でも、誰かの味方をしたり、誰かを肯定する発言をすれば、わたしまで心を使うことになってしまう。これでいいんだ。やっと見つけたバイト先だ。

ここで生きていくしかないのだから。と自分に毎日言い聞かせた。毎日、家に帰るととっても疲れていて、すぐ寝てしまっていた。これでいいんだ。

## 西岡加奈子《にしおかかなこ》

十代の頃、初めてアルバイトをしたマクドナルドで接客態度を褒められ、店長に気に入られて時給が周りの同世代のアルバイトより百円も上がった。そしてその瞬間わたしの「人に求められていたい欲」が埋まった。以来わたしは本当のわたしを隠してアルバイトをすることが快感になっていた。

アルバイト先って本当に生きやすい。過去の自分を知る人もいなければ、必要以上に仲良くなることもない。世代も過去もバラバラの人たちと、毎日のシフトで決まった時間だけ一緒にいればいい。その時の自分を演じ切ればそこでのわたしの人格はそれになる。それがとにかく楽だった。

別に過去に犯罪を犯したわけでもないが、「いい人」の部分だけを切り取ってもらえるアルバイトが好きだ。就職しないでこの歳までアルバイトを選んできたのは、それが理由だ。何かが崩れて、「いい人」でないと思われたとしたら、アルバイトを替えればいい、だってバイトだから。

あ、一つ言い忘れたがわたしが「いい人」と思われたい相手は男性に限る。女になんてどう思われたって構わない。だって、女なんて所詮《しょせん》競い合い、相手の不幸を喜び噂で大きくする、何にも得《とく》がない存在だから。

利根川さんが暴れた日、わたしはラッキーと思っていた。だって新しく入った安藤くんにまたいい人って思われるチャンスだって思ったから。他の女がトラブルを起こした時こそ、わたしは輝く。篠崎さんと久須美さんがなんだか大変なことになっていたが、そっちなんか助けても見返りは何もない。安藤くんはこのスーパーには珍しいイケメンで、ここで彼とセフレにでもなっておけば今後のアルバイトが楽しくなる。スーパーになんてなんの思い入れもないので、勤務時間に他の楽しみがある方が時間が早く過ぎて、なおかつ楽しければたくさんシフトに入りたいと思い収入も増える。かっこいいし、わたしのことを女として好きになってくれたら職場が超快適になる。

「シフトの件で話したくて、家の近くまで行ってもいい？」

わたしはあの事件の六日後、安藤くんの履歴書に書いてあったメールアドレスにこうメールをした。バイトリーダーだし、何も怪しまれないだろうと思って、どっかでお茶でもして仲良くなろーくらいの気持ちだった。だいたいの人は初めてのお茶は奢《おご》ってくれる。暇な休日を埋める相手くらいに思っての連絡だった。

「西岡さんってどこに住んでるんですか？」と返事が来た。思っていた返事と違ったのだが、これは向こうも結構遊んでんなと思い、自分の家の場所と、メールの最後に「安藤くんって家飲みする派？」と書いておいた。

家に呼んでくれれば簡単にセフレになれる。すると次の返事で、

「彼女が出てっちゃって寂しくて」

三ヶ月同棲してた彼女がつい最近出て行ってしまった話を聞かされた。正直めちゃくちゃどうでもよかったが、ここで優しくすればセックスまでかなり近道になるし、こういう時に出会った人との関係はなかなか終わらない。彼氏はいらないのだ。たくさんの男の子に可愛がられて、必要とされていたい。安藤くんがSOSを送ってくるのなら、わたしは全然それに乗っかる。

「じゃあうちに来てもらえたりする?」

狙い通りの連絡が来た。翌日、近所のパン屋で大きなパンを買って安藤くんの家へと向かった。手土産は大きい物の方が喜ばれる。わたしはその辺の思考に品がない。でも品がないって思われることも嫌じゃない。「軽い」と思われることが世間の女は嫌だと言うが、そうか? と思っている。重いより軽い方がいいし、小さいより大きい方が良くない? それがわたしだ。

「お邪魔しまーす」

安藤くんの家の玄関のドアを開けた。「鍵開いてるからそのまま入ってきて。インターフォンの音、聞きたくなくて」と事前にメールが来ていたので、インターフォンは押さずに入った。インターフォンの音聞きたくないってなんだよ、繊細か？　と思ったが、そこに触れるとめんどうな話を聞かされそうだったので放っておいた。わたしは楽しくイケメンといちゃいちゃしてお互いの寂しいを埋めたいだけなのだから、必要以上の面倒は背負いたくない。

部屋の中に入るとソファに収まりきらない体を小さく丸めている安藤くんがいた。なんかたまらなくよかった。

「なんだよー、夕方まで寝てたのかよー」

「ごめんなさい……」

謝られても、と思いながらも、わたしは手洗いうがいを勝手にして、安藤くんの転がっているソファ近くの床に座った。「トイレ借りていいですか？」とかいちいち確認をしてると男性との距離が縮まるのに時間がかかる。このくらい強引に家になじんだ方がまた呼ばれるし、都合よい存在になれる。そう、都合よく使われることが心地よい。

「外寒かった？」

わたしの手を触りながら安藤くんが尋ねた。

「うーん、寒いよーわたしも引きこもりたいよ」

「一緒に引きこもる？」

安藤くんがさらにわたしの手を撫でた。

「んーやだ。わたし長時間家にいると蕁麻疹でる病気だから」

わたしが笑って言うと、ほんの少しだけ撫でる手に力を入れて彼は黙った。

この人と毎日一緒にいたらすぐ飽きてしまうだろうなと思ったけれど、今日みたいに彼が寂しさのどん底にいる時に弱った目で見つめられながら手を撫でられるのは気持ちがよかった。なのでこの気持ちいいのをなるべく続けていく関係性を築こうと決めた。顔もタイプだし。

「あ、今日はパンを買ってきましたよー」

わたしは買ってあった大きなパンを出した。

「大きいパンだね……」

「わたしお土産選ぶセンスだけすごいないの。高校生の時、家族で伊豆《いず》に行って、友達にこんな大きいこいのぼり買って帰って絶交されたことあるの」

お土産のセンスがいい女なんて手が出しづらい。変なパンを買ってくるくらいの女の方が手軽に遊んでもらえる。

「そうなんだ……」

「なんか大きいものあげた方が喜ばれると思っちゃうの、貧乏だったからわたし」

安藤くんは馬鹿にはしてこなかった。今までの男はこの話をすると、わたしの呼び方が「お前」に変わっていたのに。

「なんでも大きいものの方が高そうに見えて得した気分になるでしょ？ 下品なの、わたし」

なんだか喋っているのはわたしだけだ。安藤くんは思っていた以上に落ち込んでいて、暗かった。彼女の話を聞いてほしいのか。仕方ない。他の女の話など別に聞きたかないが、彼女への愚痴や不満を聞き出し、優しくしてあげてからするセックスもまあそれはそれで気持ちがいいだろう。

「出て行っちゃった彼女からは？　連絡あった？」

と切り出してみた。

「ない……多分もうない……」

「そっかー」

一ミリも気にならないが深刻の中に優しさのある表情を作った。安藤くんは
そんなわたしの顔をチラッと見てまたすぐ目を逸らした。

「僕がダメだから……」

「そんなことはないでしょー」

安藤くんは情けない声で泣き出した。これは長引くなめんどくさい。早めに
スキンシップを取ろう。

「泣いちゃってー」と背中をさすってみた。

「すいません……」

なんで謝るの？　わたしは保健室の先生か？　このまま身を委《ゆだ》ねてくれれば
いいんだけどな。

「わかんないけど、こんなに泣かせてひどいよね、その人」

「でも、僕がダメだったから……」

早く泣き止んでよ。とりあえず共感の方向で話を進めて甘えたいモードにさせよう。早くいちゃいちゃしたい。

「わたしも、前に付き合ってた人に『お前クソだー』みたいなこと言われて、ちょー泣いたことあるんですけど、そんなことわざわざ言われなくっても自分が一番わかってるからーって思わない?」

「え……?」

「いけないことしてるとか、自分がダメなのって自分が一番わかってるから、なんでこの人わざわざ言ってくるんだろうと思って。直したいけど、直らないからこっちだって苦しいんだよーって思って」

「……」

よし、黙った。「だからー、泣かないで」とこの瞬間を逃さず安藤くんを抱きしめた。「ごめん……」と安藤くんがわたしの胸に顔を埋めてきたので、

「全然いいですよーなんかわたしもすごく気持ちわかるー」

共感の言葉をさらに吐いた。繋がれた気がした。こちらが弱い部分を出せば、こんな男とは簡単に繋がれる。そして弱い部分を吐き出して出来上がった繋がりは強い。「二人にだけわかること」さえ作れば、こっちのもんだ。それに可愛いと思っている男の子のつい最近まで付き合っていた女のことを、あたかもわたしは味方だよって感じで悪くいうのは楽しい。気分がいい。

「悲しいときって何してても悲しいんですよねー」

「そうだね……」

「だから、わたしはそういう時はエッチなことしますよ？」

「え……？」

「あ、ごめん、普通に引くよね」とわたしは笑いながら、一回離れてみた。

「誰かにぎゅーってされたりして、嫌なこととか忘れます、わたしは」

安藤くんは何も言わない。もっと言わないとダメ？

「わたしでよければぎゅーってしましょうか？」

これで嫌と言う男はいない。

「……」

何も言わないことが嫌じゃない証拠だが、一応礼儀として、

「って嫌か、わたしじゃ。ごめんなさい、元気かどうか見に来ただけなんで、わたし帰りますね。みんな安藤くん来るの待ってるから、元気出たらまた来てくださいね」

あくまでバイトリーダーとしてここへ来た雰囲気を提示してわたしは上着を持ち、帰るふりをした。

「あ、ちょっと待って……」

安藤くんがわたしの腕を摑み引き止めて来た。やっといちゃいちゃ出来る。

「ん？　どしたの？」

「ちょっとだけ、ぎゅーってしてもらっていいですか……？」

「いいよー」

ちょっとじゃないくせにと思いながらどうしたらこの後がもっと盛り上がる

かを考えた。彼には今わたししかいない。もっと必要とされたい。そのための適当な言葉なんていくらでも口から出て来た。

「安藤くんってすーごい優しいのにそれがなかなかわかってもらえないタイプでしょ？」

「え？」

「なんかすーごいそんな気がする。ほんとは彼女の事すごく考えてるのに、ひどいこと言われて傷ついちゃったんでしょ？」

「わかんない……」

「わたしなんかそういうのすーごいわかっちゃうんだよねー、だからなんかほっとけない感じ」

「そお……」

「あ、ごめんね、迷惑？　やっぱ帰ろっか？」

「迷惑じゃない……」

安藤くんがわたしに激しくキスをしてきた。やっぱり男など簡単な生き物だと思った。これで今日は気持ちよい日であることが確定した。そのままソファに雪崩《なだ》れ込んだ瞬間、わたしのスマホが鳴った。タイミング悪いなーと思ったのだが、ちょっと安藤くんを待たせるくらいがより気持ち良いこのあとになるかもしれないと思い、「ちょっとごめん」と鞄からスマホを取り出した。手に取ったスマホの画面を見てわたしの心の色は百八十度変わった。急用だった。「ちょっと向こう借りるね？」と安藤くんに断りを入れ、わたしはソファに安藤くんを残して部屋の角のキッチンへと入って電話に出た。

「もしもし？　え？　なんですか？　え⁉　マジ⁉　二十箱⁉　え、今からノリ打ちでいいんですか？　えー行きます、普通に！　あー今近くなんで二十分くらいで、はい、あ、はいすぐ行きますー」

めちゃくちゃうるさいパチンコ屋から、地元の先輩がかけて来た電話だった。二十箱も勝ってて玉止まらないからお前も来いよという電話だった。瞬間でわたしは安藤くんとのセックスがどうでもよくなった。かっこいい男の子の寂しさの溝に入り込み、「君だけがわかってくれる」と言われながらするセックスも気持ちがいいが、わたしはもっと自分を気持ち良く出来るものを知っている。お金だ。お金は絶対にわたしを裏切らない。電話をかけて来た先輩とは長年のセフレの関係だが、こうして定期的に勝っているパチンコに呼んでくれて勝ち分を分けてくれる。わたしにとって一番大事な存在だ。

二十箱という響きにこぼれ落ちそうな笑顔を抑えながら安藤くんの待つソファに戻ると「大丈夫？」と安藤くんが弱々しく聞いて来た。すまないが、そんな犬みたいな顔されても、もう今のわたしは一つも心惹かれない。

「ごめん、ちょっと用事入っちゃった」

「あ、そうなの？」

大人なんだから察してくれ、そんな断りづらい顔されても困る。

「ごめんねー」とわたしは安藤くんの顔をあまり見ないようにしながらコートを着た。彼の顔を見たらここに引き止められてしまうと思ったからではない。今の、この心の色が変わったわたしの顔を彼に見られたくなかったからだ。こういう繊細風な男の子は何故か勘が良い。それに、パチンコで勝ってここへ戻ってくれれば今日の気持ちよさは二つとも手放さずに済む。安藤くんを良い具合に黙らせておきたかった。けれど、彼は次々に質問を投げてきた。

「バイト？」

「いや、違う」

あーあ。面倒くさい。宝くじをスクラッチする時みたいにちょっとずつ確認してくるのやめてくれ。

「何？　どこに行くの？」

「え？　引かない？」

「うん」

「パチンコ」

「え……」

ほら、引くじゃん。そんな顔でこっち見ないでよ……。

会話をしながら羽織った今年唯一買った冬物のコートの端っこを安藤くんがきゅっと摑んできた。ここで会話を長引かせて先輩を待たせたくなかったし、先輩の気持ちが変わってしまうのが怖かった。「お前すぐ来ないなら別のやつに玉譲るから」と連絡が来る前に、一刻も早くわたしは先輩のいるパチンコ屋へと自転車を漕《こ》ぎたかった。

「なんか今地元の先輩がこっち来てて、そんで駅前で打ってるみたいで、先輩すーごいいい人でさ、今、勝ってるから、玉やるから来いよって。終わったらまた来るからさー、多分めっちゃお金入るから、すき焼きとか食べ行こうよ」

安藤くんの顔が曇っていることくらいわかっていたが、わたしは早口で説明して安藤くんの手をコートから剝がした。「家で食べたい」と小さな声で言われたので、「じゃあなんか焼肉弁当とか買って来てあげるよ」と言い、その場を去ろうとした。

「ねえ、お願い行かないで？　ここにいて」

安藤くんの声のトーンがさっきまでと変わった。

綺麗でいなくちゃ価値がない。お金がかかる。でも必要とされながら働きたいと拗《こじ》らせたわたしの心はもうこの歳からじゃ直せない。風俗などで金を稼げば手っ取り早いけれど、そうじゃない。「頑張って働いているね」という評価を周りから受けながら、効率悪い仕事でお金を稼いでいる自分が好きなのだ。だからスーパーでチマチマ働いている。他人からは理解されなくても良い。わたしは男から「頑張ってるな、お前、馬鹿だもんな」と思われていたい。それが心地いい。男より上に立とうなんて思わない、女として馬鹿にされていていいのだ。わたしが女として生きている価値はそこにある。

わたしはとっても貧乏な家の生まれだった。十代の頃の初めてのバイト先であるマクドナルドではその接客態度が高い評価を得て、十代ではありえない時給をもらっていた。でもお金が貯《た》まらなかった。でも、バイト先で必要とされることがわたしの生き甲斐《がい》になった。それ以来、わたしはバイト先で褒められるフェチになり、とにかくバイト先の店長に必要とされるように生きてきた。

勉強もそんなに出来なかったし、何にも興味が持てなかったので、就職は一度も考えたことがなく、二十八歳になる今もアルバイトで生活している。別にブランドものが好きなわけでも、贅沢《ぜいたく》が好きなわけでもない。でも、わたしの口座の残高は一向に増えない。お金を貯める才能が単純にないというのもあるが、わたしは男性からの誘いを一切断らない女になっていた。

中学の頃からお金を持っている男の先輩と地元でつるむようになった。みんなわたしがお金に困っていることを知っているからはじめのうちはジュースを買ってくれたり、車で遊びに連れて行ってくれていた。次第にわたしがバイトを出来る年齢になると、バイトを紹介してくれたり、「今パチンコで勝ってるから来なよ」と、ギャンブルに誘ってくれるようになった。全部お金は先輩が出してくれて、わたしは勝ち分を少しもらっていた。でも、そのお金を持って遊びに行くから手元にはお金は残らない。わたしは「必要とされている」という感覚になれて楽しかったし、心が満たされていたので誘いは一切断らない人間になった。そうありたかった。寂しいのは嫌いだ。ずば抜けて可愛いわけでも美人なわけでもないが、「女が必要」なシチュエーションには重宝されることは自覚している。「必要」はわたしにとっての安心材料だった。ただ必要だけを求めれば安藤くんと今日過ごしたって良い。けれど、先輩のところへ行けばお金も手に入るし、先輩からのポイントも上がり、そのお金を持ってここに戻ってくれれば安藤くんに美味《おい》しいものを食べさせることだってでき今日の得を一つも無駄にせず手に入れることができる。完璧だ。わたしを女として必要として、使ってくれる場所には全て行きたい！！！

お前といるだけならセックスして今日が終わってしまう！！！！

この自分でも理解できない自分の思考回路と向き合いたくないんだから考える時間をわたしにくれるな！！！　さっさとパチンコ屋に向かって自転車を漕がせてくれ!!

「一人になりたくない」「待って」「三十分だけでいいから」「お願い今出て行かないで」安藤くんの言葉の数々がわたしの頭を熱くした。

諦めの悪い安藤くんにさらに腹が立って、わたしはその場にコートと鞄を投げ捨て、叫んだ。

「もおーじゃあわかったよ、ここいるけどさ、今日行かない分払ってくれる？　多分、今行ったら確実に十万は勝てるんだわ、それ行かないで、一緒にいてあげるから十万払って？」

お金がほしい、そんなシンプルな思考でわたしは生きているわけじゃないが、もうそう思われても構わない。それに十万円もらえるならここにいる価値もある。

「何それ……」と安藤くんは悲しそうに言った。わたしはそこにとどめを刺すように、

「だって、あたしすーごい貧乏なの、お金ほしいの、安藤くんがわたしにお金くれるならなんでも言いなりになるよ？　払えないならさ、邪魔しないで？」

安藤くんをソファへと押し倒した。もうこいつとの関係がなくなってもいい。どうせバイトにも来ないだろうし、ケータイも着信を拒否すれば面倒なことにならない。

さすがにもう追いかけてこないだろうとわたしは玄関まで行き、スニーカーを履いた。

すると後ろから「女の人一人も養えないようじゃダメってこと……？」と聞

こえてきた。

「ねえ、僕がまともにお金も稼げないからみんな僕の側からいなくなるの？　そうやってみんないなくなるんだ……何でみんな僕に優しくするだけしていなくなるの？　それでいなくなるんだ……最初だけ、頼んでもいないのに優しくして、それでいなくなるんだ……」

そんな安藤くんに本当に腹が立ったので、

「じゃあそうなんじゃないの？　安藤くんがダメだからじゃないの？　いちいち話大袈裟じゃない？　なんであたしがちょっと出かけるだけでこんなことになってんの？　安藤くんかっこいいしさ、普通にしてたらずっと一緒にいてくれる人いるでしょ、それをいちいちそうやって、めんどうなことばっかり、わがままばっかり言ってるからみんないなくなるんじゃない？　知らないけど」

あー……嫌なこと言ってしまった。振り返るのも嫌だ。わたしはとにかく都合のいいいつも笑顔の馬鹿な女でいたい。

わたしは急いで、安藤宅を後にした。

安藤くんがソファで泣き崩れていることは見なくてもわかった。あーあ、損な時間過ごしちゃった。わたしのこと嫌いな人作りたくないのに、女以外。おいしい時間だけを味わいたいわたしには、こんな味いらないのに。

安藤宅を出て、自転車を漕ぎ始めたらコートの裾《すそ》が自転車のチェーンに引っかかった。

一旦止まって見たらコートの裾が真っ黒になっていた。最悪なことばっかりだと思った。わたしはもう一度自転車に跨《また》がり、漕ぎ出そうとした。また何かが引っ掛かりわたしの行手を阻んだ。今度はコートではなかった。

## 長谷川未来

わたしは車椅子に座り、人々よりも低い目線で他人と目を合わせないように周りを見渡していた。毎日思う。何故人より目線が低いことは、こんなにも気持ちを孤独にさせるのだろうと。夕方のスーパーで幸せそうに食事の材料を買う家族を見ながらこの日もそう思った。そしてわたしの目は気がつくといつだって金子を探していた。

金子は平日はほとんどこのスーパーで午後から夜店が閉まるまで働いている。何故土日に働かないのかわからないが、多分不器用なあの男のことだ、学生でなくなった今も生活を曜日でしか管理出来ず、平日は働く、土日は休み、という自分の生きるペースを崩せずにいるのだろう。わかりやすい。しかしこの日、フロアには金子の姿をいくら探しても見当たらなかった。

このスーパーはそれぞれの店員の担当エリアが決まっておらず、レジと在庫整理も全員が兼任をしている。そのため、わたしは平日のこの時間は決まって店内をくまなく探していた。彼もわたしと同じで人目につくのが苦手なのか、彼がよくいるのは調味料のコーナーだった。さぼっているわけでもなく、そのあまり込み合わないコーナーの整理を丁寧にやっているのが金子だった。でもこの日はそこにも姿が見当たらず、わたしは店長を探した。店長は几帳面《きちょうめん》な性格のようで、腰につけているベルトにキーホルダーをつけていて、そこに小さくコピーしたシフト表を丁寧にラミネート加工してぶら下げている。それはいつもちょうどわたしの目線の高さにぶら下がっていて、店長とすれ違えば金子のシフトがわかった。

鮮魚コーナーでお刺身に値引きのシールを貼る店長を見つけたので、わたしはお刺身を見るフリをして鮮魚コーナーへと車椅子を走らせ店長の横で止まった。人は車椅子の人が隣にくると、「見てはいけない」と思うのか、こちらをないものとしてくる。店長だって絶対わたしのことを「毎日来る面倒な客」と認識しているので、わたしが問題を起こさない限り決してこちらを見てこない。わたしと目を合わせようとしない。なんでこんなに、世の中から消されなくてはいけないのだろうか。

目線の先に見えたシフト表には十一月二十四日、今日の日付に金子の名前があった。そして店長はわたしを一切見ることなく、そのままどこかへと消えていった。

中学一年の秋、学校の競技会の日。スポーツは好きだが走ることだけが苦手だったわたしは、朝からあまり気分が良くなかった。なんせこの日はクラス全員リレーが予定されていたからだ。「足の速い人だけが走ればいいのに……」と思いながら、わたしは自宅から最寄りの駅まで自転車を漕いでいた。

中学に入り、新しく買ってもらった自転車はとても漕ぎやすく、駅まであっという間に到着した。そこから電車に乗り、競技会が行われるグラウンドがある学校へと向かった。わたしの通う学校では競技会の日だけ何故か横浜《よこはま》にある大きなグラウンドがある校舎へ行かされた。普段の学校のグラウンドが小さかったため、競技がし辛いという理由らしい。わざわざそんなグラウンドを借りてまで毎年やっているなら学校のグラウンドを広く工事でもすれば良いのに、と中学にあがってその話を聞いた時わたしは思った。そんなことを考えながら電車に揺られ、横浜へと向かった。

この日、自宅の最寄駅に止めた自転車にわたしが乗ることはこのあと二度となかった。二十三歳になった今も、あの駅に止めっぱなしにした自転車のことをよく考える。あの自転車が置き去りにされて、誰にも乗ってもらえなくなったようにわたしの人生もあの日で止まってしまっているように感じた。

蛍光色のゼッケンを着けて広いグラウンドで列に並び、自分が走る順番を待っていた。

みんなが殺気立っているクラス対抗リレーに気乗りしないまま、自分の番が回ってきて、リレーコースのバトンをもらう立ち位置へと着いた。わたしたちのクラスは一位で、このまま一位でバトンを繋ぎさえすれば誰からも責められないし、とにかく順位を守ろうという気持ちだけでわたしはバトンを待っていた。

わたしにバトンを渡そうとこっちへ向かって走ってくる金子の姿が見えた。わたしよりも走るのが苦手で、金子の走り方はとっても不恰好だった。走りたくないんだろうなぁ金子も、と思いながらわたしはバトンを受け取る姿勢になり、すぐ走り出せるようにかまえた。でもその瞬間を最後に、わたしが走ることは二度となくなった。

鮮魚コーナーのすぐ横にはバックヤードへと繋がる観音《かんのん》開きになっている銀色の扉があった。「久須美」と書かれたネームプレートを胸につけている若い女の店員が中から出てくるのと同時にドアの向こうで金子の声がした気がした。そしてわたしは吸い込まれるように気がつくと初めて店員しか入れないバックヤードへと車椅子を漕いでいた。

暗く、湿った雰囲気の道を進むと、休憩室のような扉があった。わたしはこんな体なので、アルバイトというものをしたことが人生で一度もない。これがいわゆるアルバイトのバックヤードか……と思った。休憩室のドアのガラス張りの部分はわたしよりも背が高くて中を覗くことが出来なかった。ドアの近く、たくさん重なっていた段ボールの後ろに隠れるように車椅子を止めて室内の話し声に耳をすました。

「最近シフト入れる日少なくない？」

「すいませーん、でもこの日はおねがーい」

「何？　デート？」

「そう」

「もーじゃあ二人で入ったらいいじゃない」

「嫌ですよー記念日に二人でバイトするなんてー」

「えーじゃあ何、矢神くんも入れないわけ？　えーちょっとちょっとー」

「来月からはめっちゃ入るんで、お願い！」

店長と遠山という背の小さい女の店員の声だとすぐわかった。そしてこの会話を聞きながら遠山という店員が矢神という店員とカップルであることも知った。ここ数ヶ月、平日は毎日このスーパーに二時間ほど滞在しているため、ここで働く人たちの顔と名前はだいたい覚えていた。すると、誰かが店内からこちらへ向かって走ってくる音がした。

そして勢いよく休憩室のドアを開け、

「小笠原さん、タイムセールのアナウンスの時間なんですけど、すいません、流し方わからなくって」

「あー今行くー」

「すいません、お願いします」

すぐにその声が坂本というあの新人の店員だとわかった。

「もー西岡さんいないと大変だよー、あ、遠山さんシフトは考えておくから、保留」

「はーい」

　そうか、今日はあの西岡というバイトリーダーが休みなのか。どうりで店内の様子がいつもより慌ただしいわけだ。店長と坂本という店員の二人が休憩室からどこかへ出ていく音がした。

「あれ？　たばこ早くない？」

遠山の声がさっきまでよりはっきりと聞こえた。そうか、急いでいたのか、ドアをきちんと閉めずに先ほどの二人が出て行ったのか。

「遠山さんさ、さ、最近冷たくない？」

次に金子の声がはっきりと聞こえた。わたしは心臓が大きく鳴った。

「う、うん、ぼ、僕なんかしたかな？」

「いや、してない。あ、じゃあわたし先上がるねー」

　声色からわかるのは、なんだか金子と喋るのが嫌そうということだった。

「あ、も、もうちょっとだけ、あ、あの、話できない？」

「え、あ、ごめんちょっと今日用事あって」

「あ、あのさ、あの、毎日来る車椅子の人、ぼ、僕の知り合いなんだ！」

わたしのことだ……。自分の血管がいつもより細くなって血がつまってしまいそうな感覚になった。金子はすがるような声で、遠山という店員に向かって言葉を続けた。

「ぼ、僕さ、前にちょっとだけ、は、話したんだけど、ちゅ、ちゅ……中学の時に友達をけ、怪我させちゃって」

「ごめん、その話また今度でいいかな？」

「ま、待って！　ぼ、僕、昔から足が遅くって、なのにね、なんでか体育祭でリレーの選手になっちゃって本当はすごく嫌で、でも嫌って言えなくって、そう、僕本当はリレーに出るのだって嫌だったんだ！！！」

抱えているものを吐き出すように、金子はそう叫んだ。

「え、ちょっとどうしちゃったの？」

遠山の怯《おび》えた声が小さく聞こえた。姿が見えなくても金子の様子が普通じゃないことは感じられた。

「それであの日、僕いやいや走ったんだ。僕のチームは一位で僕にバトンが回ってきて、『ああ、僕で抜かされたらまたいじめられる』って思って、とにかく必死で走ったんだ。それで、あとちょっと、ちょっとで次の人にバトン渡せるってなって、僕は必死に走ったから一位のままバトンが繋げそうで、あとちょっと、あとちょっとって残りの力いっぱい走ったんだ。それで、次の人にバトン渡そうとした瞬間、もうバトン渡してるから足止めていいのに止まらなくって、そのまま次の人、長谷川さんに向かってつっこんでいったんだ。そしたら長谷川さん僕の目の前で思いっきり転んで、そこからはなんか記憶が曖昧で、気がついたら長谷川さんは車椅子で……」

あの日の、ぼんやりとしていた記憶の先が一瞬でくっきりと思い出された。

そう、わたしは金子とぶつかり、その場で倒れ、「長谷川さん早く走ってー！立ってー！」というクラスメイト達の声に従って立ち上がったが、信じられない激痛と、聞いたことのない音が自分の右の股関節から全身へと響き渡り、もう一度先ほどよりも強くその場に倒れ、「ああもう自分の中の何かが大きく音を立てて終わったのだ」と悟ったことを思い出した。

痛さと怖さで、わたしはここから担架で運ばれ、救急車に乗り、病院に行き、手術室に入るまでのことは断片的にしか覚えていない。痛みで何度も意識が飛んだ。

その薄れている意識の隙間に入り込んできたのは、なんだか冷たい担任の視線と、心配し涙を流す母親の顔だった。

「その日からぼ、僕は人とうまく話せなくなった」

話を続ける金子の声が耳に入ってきて、お前さえちゃんと走っていればと人生で何千回感じたかわからない気持ちがいつもの何倍にも大きくなって込み上げてきた。この気持ちになるたびわたしは息が詰まって苦しくなる。感情を押し殺すように冬の冷えた車椅子のブレーキを両手で強く握りしめた。

「中学を卒業するまで本当に地獄で、長谷川さんクラスでも人気の人だったから、みんなから『お前が車椅子になればよかったんだ』って言われ続けて、『お前が長谷川の一生を台無しにしたんだ』って……ぼ、僕だって自分が車椅子になった方が楽だったよ……け、けど、僕はリレーなんて出たくなかったんだ！　で、でも、み、みんなが僕を走らせたから、だからいけないんだ!!」

「金子っち、こわいよ……」

「そ、それから中学卒業してからもどもりのせいで誰とも仲良くなれなくって……と、遠山さんが初めてなんだ、こんなに、ぼ、僕と話してくれた人」

「う、うん……」

「で、で、それでぼ、僕の人生にもやっと、やっと明るい光が見えてたのに、なのに、お前は幸せになっちゃいけないって言われているみたいにと、突然、ぼ、僕が幸せになろうとした瞬間、ま、また長谷川さんが僕の前に、あ、現れた」

心が壊れてしまいそうだ。

「い、痛い……」

金子はきっと、彼女の手を強く握り締めているのだろう。あなたがその男に握られているよりも、こちらの心の方が計り知れないほど痛い。

「あ、あの日から、じゅ、十年間、長谷川さんに、も、申し訳ないって思わない日はなかった、思い出さない日はなかった。で、でもでも、と、遠山さんと話してる時だけは、す、すごく楽しかった。と、遠山さんに会って初めて忘れられたんだ。今、毎日長谷川さんがここに来て、僕のせいで足がめちゃめちゃになったからって文句を言いに来たって、遠山さんがいるから耐えられるんだ……本当は怖いんだ、一人になるたび、長谷川さんのこと思い出して怖いんだ、だから、君に冷たくされたら、ぼ、僕は生きていかれないんだ」

金子は必死に助けを求めていた。それは心底切実で、人生でたった一回だけ使える願いが叶《かな》うカードを、救いを求めて恐怖を殺して、ひっくり返すかのような、それくらいの想いが詰まってる声と言葉だった。

「ごめん……」

「どうして謝るの?」

きっと金子はわかっている、自分がひっくり返したカードがなんの救いにもならないことを。

「……ご……ごめん……わたし、もう金子っちと楽しく話したり出来ない……」

「や、矢神くんと仲直り出来たから？」

「ごめん……」

「お、お願い、ちょっとの間だけでいいんだ、手、に、握ってて……」

「ごめん、金子っち、わかって……」

「わかんない……こわいんだ……店内であの曲が流れるたび、長谷川さんに会うたび……」

「お願い、わたしは、矢神くんが大事なの……」

「わかんない……」

「お願いだから放して！」

「やだ……」

「ちょっと！」

「ぼ、ぼくは遠山さんのことが好き！　好きだからもっと一緒にいたいし、ほかの人と一緒にいたら嫌だし、もっと触りたいし、触られたいし」

金子の心が壊れてしまった音が聞こえた。心が壊れてしまった人は、言葉を発していないと自分を保っていられなくなってしまう。

「ちょっと何言ってんの……⁉」

「だ、だって遠山さん僕と話していると楽しいって言ってたじゃない、ねえ、僕みたいな人、そんなこと言われたら好きになっちゃうよ」

「ごめん……」

「さっきからなんで謝るの？」

「金子っちごめんなさい！　ごめんなさい、全部嘘、わたしが好きなのは矢神くんだけだし、金子っちと仲良くしてたのは、矢神くんにやきもち焼かせたかっただけ……ごめんなさいごめんなさい！」

「……僕なら何しても許してくれると思ったから？」

違うよ、その人は誰にだってそうするんだよ。特別に金子を選んだわけじゃない。

「だ、だって、金子っちが優しくしてくれるから、だからいけないんだよ！」

「先に優しくしたのは遠山さんでしょ」

「でも金子っちと話したり、遊んだりしてた時はわたしも楽しかったよ、これはほんと」

「僕だって楽しかったよ……」

「うん、でも矢神くんにもうやめろって言われたから、ごめん……」

「この楽しいのだけ残していなくならないでよ!!! ねえ、なんとかしてよ！ ぼ、僕の楽しいのだけ残さないでよ！ 遠山さんずるいよ、ひどいよ！ 僕がどもりで嫌われ者だから、なんでも許してくれるって思ったんでしょ、ねえ、それじゃあ今まで僕をいじめてきた人達と変わらないじゃない!! お願いだから今ここからいなくならないで!!! 僕の側にいて!!!」

その人にいくら言っても金子の言葉は響かないよ。もうやめなよ。

「いい加減にしてよ!!」

ヒステリックな女の声の後に、金子が何かにぶつかった音がした。

「わたしだって、矢神くんとの幸せ、あんたに崩されたら困るの!!」

「今、あんたって言った……？」

「言ったよ！　勝手なのはあんたも同じじゃん！　わたしのこと好きならわたしが幸せになるようにしてよ！　まあDVとか嘘の相談したのは悪かったけど、でもどうせ、あんただって嘘だってわかってたんでしょ？　わかって騙《だま》されたふりしてたんでしょ？」

「で、でも嘘でもよかったんだ……遠山さんと話せたらそれで……」

「だったらお互いもうそれでよかったじゃん、あんただけ損したわけじゃないじゃん！」

「僕の好きな遠山さんはあんたなんて言ったりしない！」

「もう何言ってんの？」

「遠山さん、戻ってきてよ、いつもにこにこしてて優しいのが遠山さんでしょ？」

「ちょっともう頭おかしいんじゃないの？　気持ち悪い離れてよ‼」

再び金子が倒れる音がしたのと同時に、スーパーのタイムセールのアナウンスと曲が流れてきた。わたしはその瞬間、耳を両手で強く塞《ふさ》いだ。ねえ金子、どうしてこんな店で、この曲が毎日流れるこんな店で働いているの?

バックヤードにも響く大きな音でクシコス・ポストが流れていて、これを聴くたびわたしは恐怖で、心がおかしくなりそうだった。でも、曲よりも大きな音で金子が「遠山さん、本当に殴られるっていうのはこういうことだよ」と叫んだ声が聞こえてきた。声を聞いただけで、金子の喉に血が滲《にじ》んだことがわかった。そんな大きな声、きっと人生で初めて出したんだよね、金子。全部どうでもよくなってしまった人の声に聞こえて、わたしは怖くて怖くて車椅子を発進させてその場から逃げたかったが、ブレーキに手をかけ外すことさえ出来なかった。耳をどんなに強く塞いでも、クシコス・ポストも、叫ぶ金子と女の声も信じられないくらいクリアに耳の中に入ってきた。女の叫び声が、三人になった。

どうやら新人アルバイトの坂本と、若いアルバイトの久須美が状況に気がつき悲鳴を上げているようだ。「金子さん落ち着いて」と久須美が叫ぶ声が聞こえた時、また血の滲むような叫び声とともに、金子が休憩室の扉から走り出てきた。わたしがいる段ボールの山とは逆の方向へと走って行った。

屋上だ。

スーパーの屋上だ。

屋上へ、行かなくちゃ。

わたしは絶対に今すぐ車椅子を漕がなくてはいけないと思い、死に手をかけている金子を追いかけた。エレベーターには車椅子用のボタンがなく、屋上階のボタンに手がとどかなかったので左足の靴を脱ぎ、ボタンに向かって力いっぱい投げた。ボタンのランプがつき、エレベーターが動き出した。

どこかの誰かも、自分が側にいなくてはいけない場所へと、その人のもとへと導かれて向かっているような気がした。こういう時、全く知らない人が、全く知らない人のところへ走っている気持ちと、自分の気持ちが重なるようなことが人間の気持ちの中には生まれるんだな、と妙に冷静な部分のわたしが思った。この世でねばらなくてはいけないのだ。

屋上に着くと、金子が屋上のフェンスを乗り越えようとしながら泣き崩れていた。わたしはその金子のところへと思い切り車椅子を漕ぎ、力の入る左足で思い切り金子の腰のあたりを蹴り飛ばし、「久しぶり」と彼に向かって言葉を吐いた。顔を見て、きちんと話すのは十年ぶりのことだった。地面に倒れたまま、わたしをじっと見つめて金子は何も言い出さなかった。

「覚えてるでしょ？　わたしのこと。長谷川。中学ん時の」

ゆっくりと声の強弱がおかしくなりながら、わたしは言葉を続けた。すると小さな声で「ごめんなさい」という言葉が聞こえた。わたしはそんな言葉が欲しいわけではないので、「え？」と聞き返すと、

「ごめんなさい！本当にごめんなさい！申し訳ございません！すみませんでした‼ごめんなさいごめんなさい‼すみませんでした！もう許してください！」

金子は叫びながらおでこから血が出そうなくらい地面に頭を擦り付けた。その声はもう何も考える力が残っていない人の声で、あと一滴何かが彼の中に垂

れたら、この世から消えてしまうのだろうなと感じさせるものだった。そんな人に向かって言葉を吐くことはとっても怖くて、わたしの発言がその最後の一滴になってしまうのではないかと、全身が震えておかしくなりそうだった。でも、ここでありのままの言葉を吐かなければ、わたしがそっち側になってしまいそうで、わたしは自分の言葉が自分と彼の人生にとって必要なものだと信じて口を開けた。

「四ヶ月くらい前にさ、それまでわたし五年くらい付き合ってた彼氏がいて、すごくない？　こんなわたしと五年も付き合ってた男がいたんだよ？　まあわたしの生活保護のお金で暮らしているような？　ダメーな感じだったんだけど、ある日さ、わたしが作った食事、なかなか食べないもんだからわたしいらっとしちゃって、手元にあった箸ぶん投げちゃったのね、それで大喧嘩になって、別れて、まあー今思えばいろいろたまってたんだけどね、十年もこんなもん乗ってると、性格もひん曲がるのよ、すれ違う人全員歩けなくなればいいのにとか思うのよ。

ねえ、イライラしても発散しようがないこの気持ちわかる？　赤に変わりそうな信号、走れない気持ちわかる？　いつも人に見下されてる気持ちわかる？　全力でセックス出来ない気持ちわかる？」

金子は小さな肩と声を震わせ、「わかんないよ」と答えた。

「そうなのよ、わかんないのよ、他人には。五年付き合ってたってわかってはもらえなかったのよ、このわたしのめんどくささを受け入れられるような人、いないってわかっちゃったのね。で、その人と別れて、『あーこれもうダメだなー』って思って、このまま永遠に一人ならもう生きてても意味ないわーってそう思った瞬間、なんでかあんたの顔が頭に出てきて、『あー金子さえいなければわたしこんな人生じゃなかったわー』って思って、それで、最後くらいあんたに嫌な思いさせて、あんたのせいでわたしは死ぬんだって思わせたくて三ヶ月前ここに来たのね。そんで、スーパー入ったらさ、あんたふっつーに働いてて、そしたらなんかタイムセールの音楽、あのわたしが運動会でこけた時にかかってたあの曲が流れてきて、そしたら嫌な思い出ぱーってよみがえってきてさ、あ、今ならいけるって思って、あんたに『お前のせいだー‼』って叫んで、ここ、この屋上来て飛び降りようとしたの。でもなんでかその時、『あーあたし最後に何食べたっけー？』って、こんな生と死の瀬戸際に立ってんのに、食べ物のこと考えちゃってわたし。で、そしたら急に自分で死ぬの決められなくなっちゃって。で、スーパー行って、タダでお弁当もらえたら今日は死ぬのやめようと思ってスーパーにもどってみたの、もう発想がバカでしょ？　でもさ、瀬戸際立つとバカみたいな発想にしかならないわけよ。で、行ったらさ、さっきの車椅子のやつだーってなって、そんですんなりお弁当もらえちゃってさ、そのお弁当食べてたらなんか死にたいテンション下がっちゃって。じゃあ、お弁当もらえなくなったら死のうと思って。毎日ここにきて、あんたに嫌な思いさせて、お弁当タダでもらって、それが間違ってることなら、いつかきっとお弁当もらえなくなって、そしたらいよいよわたしは生きる価値がないんだって思える気がして、でもさ、あんたがくれんだよ毎日、お弁当。どーよこれ？　わたしの足、こんなんにしたやつに生かされてる今のわたしって何？」

ならどうしてここに来るんだ、俺の前に現れるんだ、と金子が言いたいことはわかっていた。それを察してくれと言わんばかりに涙と鼻水と汗でぐちゃぐちゃになった顔で金子はわたしのことを見ていた。「何か言えば？」と問いかけると、

「ぼ、僕の気持ちだって少しは考えてよ！何でまた現れるんだよ！この十年間、君に申し訳ないと思わなかったことはない！だから、もう、お願いだからもう僕に関わらないでほしい……！死ぬほど謝ってすっきりしたい！」

全てを終わりにする方向へ進ませようと、わたしとの関係を断ち切ろうとしてきた。

わたしが折れたら本当に全てが終わってしまう。

「この罪悪感、いつまで持ってればいいんだよ、何でこんな苦しい思いしなきゃいけないんだよ！」

「そんなのこっちが聞きたいよ！」

「僕にどうしろって言うんだよ！僕にはどうしようも出来ない！」

「だからわたしに聞かないでよ！」

「み、みんな勝手だ、と、遠山さ、さんだって、か、勝手だ！誰かと関わるの、も、もうめんどくさい！めんどくさいよ！遠山さんも長谷川さんも！み、みんなめんどくさいよ！み、みんな僕の気持ちなんかわかってくれない！申し訳ないと思ってるよ！自分が車椅子になればよかったよ！自分でもよくわかってるよ！ぼ、僕は少しでも楽になりたかっただけなんだ、話を聞いてほしかっただけなんだ！でも誰も聞いてくれない！助けてくれない！」

「そんなめんどくさいの、他人にわかってもらおうとしてる時点で間違ってるんだよ」

目を真っ赤にして叫んでいた金子の言葉が止まり、呼吸をする音だけが聞こえるようになった。金子の言いたいことなんて全部わかっている。わたしがこの地獄の十年を誰かといる時だってずっと孤独で、一人ぼっちで生きてきたように、金子だって同じ時間を過ごしていたことくらい、わたしにだってわかる。

わたしが一番わかっている。わたしだけがわかってる。人生で感じた孤独を初めて伝えるべき人に伝える瞬間が訪れた。自分が人と話してるのか、神に祈っているのかわからなくなった。

「うちらのこれ、他人からしたら現実味がないことなんだよ。わたしの足がどうして悪いとか、金子が人の人生台無しにしたとか、他人が聞いても現実味がないことなんだよ、いくら辛さや悲惨さ説明したって現実味はないんだよ。ねえ、わかってもらえた？　誰かに。一度でも理解してもらえた？」

「……」

「それがわかってから、わたしも他人と関わるってことが、人と関わるってことが本当に嫌になって」

「……」

「でも、わたしと金子は同じでしょ？　これが現実でしょ？　わたしが何でこんなことになったか、わたしの足がなんで悪いか、説明しなくてもわかるでしょ？　わたしの気持ちになって考えてみたこと、あるでしょ？」

「わ、わかんない……」

逃げるような声で「わからない」という金子に話しかけることをわたしはやめなかった。やめてはいけなかった。

「わたしも説明されなくったってわかるから、金子の気持ち」

「……」

「だからこのめんどくさいの一緒に背負ってよ、わたしと一緒にいられるくらい強くなってよ」

そう、わたしのこの気持ちを理解して、側にいられるのは金子しかいないのだから。

わたしは金子のせいで足を悪くしこんな人生になった。そして金子はそのことで人生が狂った。でも、そんなわたしを心から理解し、同じ現実を見られるのは金子しかいなくて、金子を心から理解し、同じ現実を見ることが出来るのだってわたししかいないのだ。こんなにめんどうで複雑な関係性がこの世にあるのかと嫌になるが、それでもこの関係性を離さず抱きしめていたかった。すべてのめんどうなことを飲み込み、この運命の相手の手を握りたかった。握るほか、生きていく方法が見つからなかった。

ただただ涙を流し、情けない声を出している金子に、「金子もいろんな事情は飲み込んで」と同じくらい泣きながらわたしは届けた。

「だから死なないで。金子が死んだら、わたしに誰もお弁当くれなくなっちゃうから」

「何で僕なんだよ……」

「それも飲み込んで」

「飲み込めないよ……」

「少しずつでいいから。ごめんね、ここでわたしも金子と死ねたら、もう全部終わりに出来るのかもしれないんだけど、わたし、まだ諦めきれないんだ」

「え……？」

「こんなに辛い思いしたんだから、きっと、わたしにも金子にも、物凄いことが起きるんでしょ？　ねえ、そうなんでしょ？」

「……わかんない……」

「そうだって言ってよ……！　今までの辛いの全部忘れられるような物凄いことが起きるんでしょ？」

「わかんない……」

「わかんないんなら、そうだって言ってよ！　凄いこと起こしてよ……生きてたらいいこともあるって教えてよ、自分だけ死んで、わたし置いてかないでよ」

　立ち上がり、またフェンスに手を掛ける金子にわたしは全力でしがみ付いた。金子の体は真冬なのに熱がある子供のように熱くて、厚手のセーターから汗がにじみ出ていた。わたしは自分のここまでの言葉が金子に届いたのかどうかが不安でならなかった。

「ちょっと、手握ってて……」

　頭の上から小さく金子がそう言った声が聞こえていた。わたしが両手で彼の手を握ると、今まで以上に声を上げ、彼は泣き続けた。「どうか、届いていて」と彼の手を握りながら神に祈った。

こんなに強く誰かと手を握り合ったのは初めてだった。でもしばらくすると、彼はわたしの手を離し、その場を立ち去ろうとした。「待って、ひとりにしないで」と彼に向かって車椅子を漕ぐと、彼はわたしの手をもう一度握り、震える声で「ちょっとここで待ってて」と言い、わたしの手を膝にかかっているブランケットの中へと入れた。

一人になった真冬の屋上は訪れたことがない雪国のように澄んだ空気の味と匂いがした。

靴を履いていない左足の足先の感覚がなくなっていた。

## 神谷はな

この日、わたしは安藤くんに会いにいかなくてはいけない気がして彼の家を一週間ぶりに訪れた。鍵は持っていたが、家のチェーンが閉まっていたら入れないし、そもそも安藤くんが家にいるかもわからなかったけれど、彼のことが恋しく、今日会いに行かなければ二度と彼に会うことが出来ないような変な気がして、気がつくと彼の家の玄関を開けていた。チェーンどころか家の鍵は閉まっておらず、扉は半開きだった。部屋に入っても外と変わらないくらい寒くて、「久しぶり……」と声をかけながら中へと足を進めると、玄関とリビングの途中に見知らぬコートを着た女の人が血を流して倒れていた。

わたしは怖さと悲しさで両足に力が入らなくなった。でも、その女の人のすぐ先に手を真っ赤にしてソファにうずくまり震えている安藤くんを見つけて、立っていることができた。ゆっくりと顔をあげた安藤くんはわたしの顔を見るなり、「どうしよう……どうしよう……」と涙を流しながら言ってきた。

「ごめんなさい、ごめんなさい、僕と付き合わなければよかったよね、はな可愛いし、優しいし、僕なんかと付き合わなければ嫌な思いも辛い思いもしなくて済んだよね」

どんどん言葉を続ける安藤くんを「ちょっと……どうしたの……？」とわたしは一回言葉で止めた。けれど彼の言葉は止まらず、

「ごめん、いい思い出一個もないよね、毎日悲しい思いさせてたんだよね、きっと、こないだ君が初めて怒った時には気がつかなかったけど、今やっと君の言っていた意味がわかった、僕はいつだって遅すぎる……ごめんなさいごめんなさい……」

と言いながらわたしに近づいてきて、わたしに抱きついたまま床に崩れ落ちた。安藤くんの手についた血はまだ乾いてなくて、わたしのグレーのコートに

べっとりと色をつけた。その血を見ながら、これはここに倒れている女の人のものだとわかったし、安藤くんの座っていたソファのすぐ近くに、わたしがこの家で料理をするために数ヶ月前に近所のスーパーで買った包丁が落ちていて、それにもまだ乾いていない血がついていたので、安藤くんがこの女の人を刺したのだなと理解した。こんなにすぐ理解する冷静な自分と何も理解が追いつかない自分が心に二人同居して、黙っていては心が二つに裂かれてしまう気がして、わたしは自分の頭の中と同じスピードの言葉を安藤くんに向かって投げかけた。

「わたしは、安藤くんが外でどんなことをして、どんな人で、みんなからどう思われてる人なのか知らないし、もう知りたいとも思わない。ここで死んでるこの人があなたのなんだったのかも、どうしてここで死んでるのかも、興味ない。ほんとはすごく知りたいし、なんでって思うことたくさんあるし、きっとあなたはとてつもなく悪いことをしたんだと思う」

安藤くんがただただ泣く音がしていた。わたしの足元でうずくまり、太腿《ふともも》のあたりに必死にしがみ付いて、泣いている安藤くんはこちらを見ようともしてくれない。

「そんなあなたと暮らしていくことはきっと、わたしが思ってた以上に大変なことなのかもしれない。わたしにはそんなあなたと、これからもいられるだけのパワーがあるのかが正直わからない」

わたしにしがみ付いている安藤くんの腕にさらに力が入ったことを感じた。

「けど、そんなことはわたしにとっては大したことじゃないんだ。わたしが好きなあなたは、理由もなく人を傷つけたりしない……」

「ごめん……ごめん……」

わたしはしゃがんで、安藤くんを強く抱きしめた。

「さみしかったね、辛かったね。でもあなたにそういう思いをさせてる人たちが悪いから、わたしも含めて、あなたに嫌な思いをさせた人が悪いから」

と、言葉をかけ、倒れている女の人に向かって、

「誰でもよかったんでしょ？　ならなーんでこんな人に優しくしたりするの？

こんな人に優しくしたりするからこういうことになるんだよ。あんたが優しくした分、また一つ安藤くんはめんどくさい人間になって、そんな安藤くんを見てわたしはまた辛くなる。ねえ、人と関係を持つってそういうことでしょ？めんどくささも引き受けることでしょ？　この人のめんどくささ全部引き受ける覚悟もないくせに、優しくしたりしないでよ……わたしの代わりに全部引き受ける覚悟もないくせに優しくしたりしてんじゃねーよ！！！！！！」

と叫んで全ての力を使い果たした。

悲しくて、怖くて、たまらなく孤独だった。

**久須美杏**

金子さんを遠山さんから引き離し、地面に倒れたまま、わたしはしばらく放心状態だった。金子さんは走ってどこかへ行ってしまったが、一緒に居合わせた坂本さんは何も声をかけてくれずその場にただただ立っているだけだった。控え室には遠山さんの泣き声が響いていた。しばらくして矢神さんが入ってきて、「何があったの？」と聞かれたが、わたしは何があったかまでは知らないし、見たものを口にすることも怖かったし、何よりも遠山さんへ「自業自得だ」としか思わなかったので、矢神さんに何も話す気にならなかった。

わたしが何も答えないので矢神さんは坂本さんにも「ねえ、何があったの？」と聞いていたが、坂本さんが何か答えるわけがなかった。遠山さんはひたすら「矢神くん、ごめんなさい……」と繰り返し呪文のように言っていて、自分のしてきたことをなかったことにするかのように先に謝る人はずるいなと思って、わたしは遠山さんのことを見つめていた。

そこへ、小笠原店長が入ってきて、後を追うように利根川さんも入ってきた。スーパーが一番忙しい夜の時間帯なのにこんなにここにみんな集まっていて大丈夫なのかと思ったが、わたしはここから動く気にもならなかったし、店内にまで金子さんの叫び声と遠山さんの悲鳴は響き渡っていたのだろうと悟った。

　矢神さんが「立てる？　いいから帰るぞ」と遠山さんを無理矢理立たせて、店長に「あの、俺と陽奈、今日でここ辞めます」と言い、その場にエプロンを捨て、出て行った。「え、ちょっと待ってよ」などと何もわかっていない店長は困惑していたが、矢神さんはその店長の言葉にもちろん聞く耳を持たなかったし、遠山さんは自分の靴が脱げて裸足《はだし》で歩いていることさえ気がついていないくらい放心状態だった。

　いや、もしかしたら裸足なことには気がついていたかもしれないけれど、靴を拾う冷静さを矢神さんに見られるのが嫌だったのかもしれない。遠山さんはそういう人だ。このカップルは何もお互いのことをわかっていないし、何も本当を見せ合っていないのに、なんで二人でいることを選んでいるのだろうとわたしは不思議でならなかった。そんな二人が去っていくのを見ながら休憩用のパイプ椅子に座った利根川さんが「あーつまんない、なに？　この店はつぶれんの？　ひと月に四人も辞めるスーパーがどこにあんのよね」とかすれた声で言った。

「縁起でもないこと言わないでよ」と店長は頭を掻いていたが、四人という人数を聞いて、わたしはあのたった一日で辞めた安藤という名の男と同じように七海ちゃんも辞めた人数にまとめてカウントされてしまうのかと悲しくなり、七海ちゃんのことを想っていたら、目の前に赤いダウンジャケットを着て、白いニット帽を被った七海ちゃんが立っていた。

「わたし、辞めませんから」

休憩室の扉の前に立って、肩掛けの鞄の紐を両手で握りながら、強い眼差《まなざ》しで七海ちゃんはそう言った。わたしは七海ちゃんがここでわたしと一緒に働くことを選んでくれたのだ、と思った。一緒に強く戦っていこうという思いを伝えたくなり、七海ちゃんのところにかけよったが、すぐに彼女の目の奥が今までと違っていることに気がついた。

「七海ちゃん？」とわたしが呼びかけても聞く耳を持たず、鞄からピンク色のゴム手袋を取り出しながら利根川さんの前へと歩いて行き、

「わたし、辞めませんから。下着を下ろしてください」

わたしは七海ちゃんが何を言っているのか、何をしようとしているのかわからずあたりを見回した。でも、坂本さんは下を向いたままだったし、小笠原さんは背を向けて立っていたのでみんながどんな風に七海ちゃんを見ているかがわからなかった。

「は？」と利根川さんがきつめに言うと、

「わたし、ここのバイト辞めませんから。今日からあなたの体を触ることもわたしがしますので、下着を下ろしてください」

利根川さんのきつい口調に一切怯《ひる》まず彼女はそう言い、手に持っていたゴム手袋を手にはめた。わたしは耳を疑い、さらに彼女をこんな風にした小笠原さんが許せなくなったので、「ねえ、やめなよそんなの」と止めに入ったが、「放して」と目も見ずに突き飛ばされてしまった。どうして……？

「あんたには関係ないでしょ」

「ちょっとそんな言い方なくない？」

「あんたは明るいから、馬鹿だから、何でも楽観的に考えられるのかもしれないけど、わたしは出来ないの！」

彼女に何を言われたのかわからなかった。

「わたしは、好きな人に誰よりもわたしのこと好きになってもらいたい！力になりたい！頼られたい！ほかの人に触ってたら嫌！」

「そんなことわかってるよ、だからそんな人やめなって言ってるんじゃん！」

「杏ちゃんにはどう見えてても、わたしは好きなの！」

ねえ、だからってどうして……？　こんなことをしようとしているあなたを見ても、背中を向けたまま何もしないような男の人だよ？

「わたしの心は物凄く小さいの、びっくりするくらい小さいの！狭いの！だから、愛がなくっても好きな人が他の人に触るの、我慢できないの！」

七海ちゃんがとても高い声でそう叫ぶと、利根川さんが下着を下ろし、「じゃあやってみてよ」と言った。これは何かの間違いで、七海ちゃんは気がどうかしてるだけだと信じてわたしはもう一度彼女の腕を握って「やめなよ！」と叫んだが、「今なら出来るの止めないで」とまた突き飛ばされ、怖さと悲しさで目をつぶり最後の願いを込めて「やめなよ！」と声を振り絞ったが聞き入れてはもらえなかった。

「うるさい！どうせみっともないと思ってんでしょ!?ならあっち行ってて！友達なら背中押してよ、それも出来ないならあっち行って!!」

このスーパーで唯一の希望だった七海ちゃんのことすらなにもわからなくなり、ここにいる人全員と自分は生まれた国も、使う言語も違う気がした。七海ちゃんが手を入れたのを見て、わたしは気分が悪くなり、その場から今すぐ消えたくなった。

どうして？　わたしが、わたしだけが間違ってるの？　頭がおかしいのはわたしの方なの？　わたしは二度とこんなところに戻ってきたくないと思い、ロッカーへ行き、全ての荷物をリュックに詰め込み、走って部屋を出た。リュックに荷物を詰めている間、ぐちゅぐちゅとゴム手袋と利根川さんの何かが擦れる音と店長が鼻水をすすり泣く情けない音が部屋に響き渡っていて、地獄を感じた。

スーパーの店内を通って外へ出ようとしたら、店内でお弁当を手に取る金子さんがいた気がした。あの毎日来るめんどうな車椅子のお姉さんの対応を金子さんが一人でやっているのか、と思ったがわたしはもう一秒もこの店にいたくなかったし、すべての関わりを捨てたかった。わたしは世界で一人ぼっちだ。

## 神谷はな

安藤くんの前で出したことのない大声を出して泣き崩れたわたしを見て、安藤くんはさらに震えていた。

「たぶん、これは誰が見ても安藤くんが悪いってことになっちゃうよね」

わたしの言葉を聞いても返事もしてくれない。でも安藤くん、わたしはもう決めたんだ。

「わたしは、間違ってるってわかってるけど、あなたの味方でいるから。今、あなたが悪くないって、周りの人に思わせるにはすごく悪い知恵を絞らないといけないいし、きっとそんな頭のいいことはわたし達みたいな凡人には到底無理で、でもわたしはついこないだまでのわたしの幸せをこんな些細なことで崩されたくないの。だからこの一週間のことはなかったことにしようと思う。もちろん、今日のことも。あなたは今日一日家にいなかったし、わたしもここには帰ってこなかった。二人は、夜、そうだな、十一時くらいに駅前のコンビニの前で待ち合わせして、車に乗ってドライブに行ったの。だからわたしもあなたも今日、十一月二十四日という今日、ここには帰ってこなかった」

わたしの言葉に安藤くんは震えた声で「はな……？」とだけ言ってきた。でもわたしはブレずに、安藤くんの目を見て、言った。

「そうだよね？」

わたしの目にはきっと涙が溢れていて、言っていることとわたしの状態は何も噛《か》み合っていないんだと思う。安藤くん、わたしだって間違ってるのはわかってる、でもお願いだからわたしの前からいなくならないで。

「嘘でもいいから、大丈夫だって言ってよ！」

わたしはこの人のめんどくささも全て受け入れると決めて今日ここに来た。わたし以外の人では到底耐えられないことが起きたって、わたしだけは目を背けず彼を受け入れる。

だからどうかわたしがあなたを受け止めるためにしたこの努力を忘れないでほしい。わたしは物凄い覚悟であなたといることを選んだ。

「今日くらいは黙らないでよ！　わたしに、大丈夫だって言ってよ！」

「だ、大丈夫……」

「もう一回」

「大丈夫」

「もっと」

「大丈夫！」

「もっと‼」

「大丈夫！」

もっと……だって、「大丈夫」って安藤くんが言っててくれないと、わたし一人じゃ心を保てないの。心を抱きしめていてほしい。

「もお、頼りないなあ！」

「大丈夫！」

「ほら、さっさと手洗ってきて男の子でしょ⁉　ちゃんと立って！」

腰が抜けて立てない安藤くんを無理矢理キッチンに連れて行き、手を洗わせた。わたしは倒れている女の人をどうにかしようとしたが、どうしていいかわからずとにかく床に付いた血を自分のコートで拭いていた。でもすぐに怖くなって安藤くんのところへ行き、手を洗う彼を背中から抱きしめた。わたしよりずっと大きな体なのに安藤くんを抱きしめながら、この人を絶対に守らなくちゃいけないと思った。でもわたしにそんなことが出来るのかわからなかった。だってわたしはとっても普通の人間で、人より全然弱いのだから。

## 坂本順子

「鼻水……鼻水拭いたら？」

わたしはスーパーの外を泣きながら歩く久須美さんを捕まえてタオルを渡した。でも、久須美さんはそのタオルを受け取ってくれず、そのまま歩き続けた。

だめだ、ここで諦めたら、見て見ぬふりを続けたらわたしは一生一人ぼっちだ。

「わたしは！　久須美さんが間違ってないと思う‼」

人目も気にせず、とにかく出せるだけの声を振り絞ってわたしは久須美さんへと言葉を届けた。久須美さんの足が止まった。いつだってずっと正しいのは久須美さんだ。

「え……」

「ごめん……これが今わたしに出来る精一杯……わたしは！　久須美さんが正しいと思う!!!」

わたしは彼女へと駆け寄り、思い切り抱きしめた。久須美さんの体は思ってたよりもずっとずっと華奢《きゃしゃ》で、まだ子供のような体つきだった。小さな体でたった一人とんでもないものを背負っていたのだなと、この少女の正しさを絶対に守る大人でいなくてはいけないと思った。

＊

「ああ怖い、怖い怖い！　神様、間違ってるってわかってるけど、でもこれが今わたしに出来る精一杯のことなんです！　目の前にいる人はわたしに正しいかどうか何も教えてくれません、だからわたしはいつも正しいことを自分で選ばなくちゃいけなくて、精一杯立ってなきゃいけなくって、物凄くしんどいです！ この人を連れて逃げていることが、この人と一緒にいることがわたしにとっていいことなのかどうかはもうわかりません！ でもなんだろう、今わたしは、すごく充実していて、今まで生きてて一番生きてるってことを実感していて、物凄く怖いんだけど、でも今わたし、すごくいい顔してる気がしてならないんです！」

＊

「自分の意見を持たないことは簡単で楽なことです、でもわたしはわたしの正しいと思った人を守ろうと思います。他人から見たらものすごく小さなことでもわたしにとってはすごくすごく大きなことで、この一歩を踏み出すことが本当に怖くて、でも自分が正しいと思っている人を守ろうとしている今のわたしは、物凄く充実しています‼」

**長谷川未来**

誰かがまた一つ、弱いまま強くなることを選択した声が聞こえた気がした。

そしてわたしの目の前にはお弁当と、わたしの左足の靴を持った金子が戻ってきて、弱々しく頼りない声で強くなる選択を自分とわたしのためにしてくれた。

「……い、一番高いお、お弁当……取ってきた……」

「……」

「ごめん……今……これが……精一杯……」

「……」

「でも……きっと……ある……！　いいこと……」

「……ありがとう……」

わたしはもらったお弁当の蓋《ふた》を開け、その場で食べ始めた。誰かに見守られながら食事をするのなんていつぶりだろう。やっと一人ぼっちの世界から救ってくれる人が現れた。

お弁当を食べるわたしの左足を泣きながらさする金子の両手はきっとわたしの足と同じだけ冷えていた。それでも、ずっと探していた温もりがそこにあった。

生きていると、一瞬では理解できないことがたくさん起きる。けど、その都度飲み込んで、ついでにご飯も飲み込んで、生きていくんだ。難しいことを考えるのはそのあとだ。今日を生きてさえいれば、大概のことはどうにでもなる。それ以外のことは明日にならないとわからない。うん。それでいいじゃないか。

金子はわたしの左足に靴を履かせ、わたしを強く抱きしめた。

口に入れたお米の数と同じ数の涙が溢れた。
世界を愛していかれる気がした。

# 文庫版あとがき

根本宗子

「他人の気持ちになって考えて行動しなさい」

一人っ子として生まれたわたしに、母はこの言葉をかけ続けて育てました。一人っ子はわがままに育つから気をつけなくてはいけないと思っていたそうです。

そして、学校に行けば先生達は口を揃《そろ》えて、

「お友達の気持ちを考えましょう」

と言っていました。

そのため、自分よりも他人のことを考えて生きることが正義だと思い込んでいる節がわたしの人生にはあります。

これは全く今作に関係のない話です。先日マレーシアのイポーという街を訪

れた際、路面店や屋台は英語が全く通じず共通言語がなかったのですが、皆が何を言っているのかが理解できてコミュニケーションが取れて、同行していた友人に驚愕《きょうがく》されました。そういえばわたしは英語すら堪能《たんのう》ではないくせに一人旅が好きです。そしてコミュニケーションに大きく困ったことがない。なんでだろうと考えた時に、とにかく昔から人の言葉の温度と表情から多くのことを汲《く》み取ろうとして生きてきていて、そして演劇を作るようになり、その性質に拍車がかかってしまったのだなと気が付きました。より伝わるように、より汲み取れるようにと日々試行錯誤しすぎて声色、顔色から多くの情報をキャッチできるようになりすぎてしまった。

これは一見、「他人の気持ちがよくわかるいい人」のように聞こえがよく受け取られると思いますが、そんないいもんではありません。わたしのこの性質は度が過ぎておりむしろ自分自身を生きづらくしているような気もするし、何より汲み取れたからと言ってすべての人の気持ちや望みを叶《かな》えられる魔法使いではないのでやりきれない気持ちになることも多いです。

なんの話がしたかったんだっけか。

この「今、出来る、精一杯。」という作品はわたしが二十三歳の時に自分の劇団公演のために書き下ろした戯曲で、何度かの再演を行い、時を経て、コロナ禍真《ま》っ只中《ただなか》に小説版として再び世に放つこととなりました。そして約二年後の今こうして文庫本になった。

演劇は持ち歩くことができないので、こうして誰かの鞄《かばん》の中にすぽんと入れるサイズに物語が凝縮されたこと、とても嬉《うれ》しく思います。

もう少し汲み取れない身勝手な女の子でいた方がきっと可愛《かわい》いし幸せなこともわかっているけれど、そう願う自分の思いとわたしの人生は逆を走り続けてきているので、わたしと同じように考えすぎて、頭の中が常にうるさい人の吐き出したいけれど吐き出せない言葉の数々をこの人生の中で描き続けていけたらいいなと今は強く、思っています。

わたしはこういう人間です。

また、どこかで作品に触れていただけたら嬉しい限りです。

(今作についてはこの十年間でいろんなところでいろんな話をしてきたので、今回は今ふと思っていることを綴《つづ》りました。自分の本のあとがきなので、少し身勝手に)

最後に、この本の完成を待ち望んでくれた担当編集の柏原さん、素晴らしい表紙のイラストを描き下ろしてくださった愛☆まどんなさん、隅々まで血の通った装丁にしてくださった名久井直子さん、過去この演劇作品に携わってくださったすべての方々、そしてこの本を手に取ってくださった皆様、本当にありがとうございます。

作品を愛してくださる方々と手を取り合い、小説、演劇、映像、その他ジャンルに捉われず時にそっと、時に力強く、皆様の人生に寄り添えるより良い作品を発表していけるように、これからも精進いたします。

―――本書のプロフィール―――

本書は、二〇二二年四月に小学館より単行本として刊行された作品を文庫化したものです。

小学館文庫

# 今《いま》、出来《でき》る、精一杯《せいいっぱい》。

著者　根本宗子《ねもとしゅうこ》

二〇二四年十一月十一日　初版第一刷発行

発行人　石川和男
発行所　株式会社　小学館
〒一〇一-八〇〇一
東京都千代田区一ツ橋二-三-一
電話　編集〇三-三二三〇-四二六五
販売〇三-五二八一-三五五五
印刷所——TOPPAN株式会社


ISBN978-4-09-407405-5